O EXÉRCITO DE UM HOMEM SÓ

Moacyr Scliar

O EXÉRCITO DE UM HOMEM SÓ

L&PM 40 ANOS

Texto de acordo com a nova ortografia.

A primeira edição deste livro pela L&PM Editores foi publicada em 1980 em formato 14x21cm. O título também está disponível na Coleção L&PM POCKET, vol. 53

Capa: Ivan Pinheiro Machado. *Ilustração*: Edgar Vasques
Revisão: L&PM Editores
Ensaio biobibliográfico e apresentação: Regina Zilberman

S419e

Scliar, Moacyr, 1937-2011
O exército de um homem só / Moacyr Scliar – Porto Alegre: L&PM, 2014.
168 p. – 21cm

ISBN: 978-85-254-3164-6

1. Ficção brasileira-Romances. I. Título. II. Série.

CDD 869.93
CDU 869.0(81) -3

Catalogação elaborada por Izabel A. Merlo, CRB 10/329.

Rua Comendador Coruja 314, loja 9 – Floresta – 90220-180
Porto Alegre – RS – Brasil / Fone: 51.3225.5777 – Fax: 51.3221.5380

Pedidos & Depto. Comercial: vendas@lpm.com.br
Fale conosco: info@lpm.com.br
www.lpm.com.br

Impresso no Brasil
Primavera de 2014

Sumário

Moacyr Scliar: a vida é a obra

*Regina Zilberman**

MOACYR SCLIAR NASCEU em Porto Alegre (RS), em 23 de março de 1937. Seus pais, José e Sara, eram europeus que migraram para a América em busca de melhor sorte. Judeus, haviam sido vítimas de perseguições em sua terra natal, e o Brasil se apresentava como nação acolhedora, que de modo amistoso e promissor recebia os que a procuravam.

Ele passou a maior parte da infância no Bom Fim, o bairro porto-alegrense onde se instalou a maioria dos judeus que escolheu a capital do Estado para morar. Estudou primeiramente na escola israelita; depois, no Colégio Rosário, concluindo o ensino médio no Colégio Estadual Júlio de Castilhos.

Datam deste tempo as primeiras experiências com a literatura. Também por essa época recebe um prêmio literário, o primeiro de muitos que se sucederiam ao longo de sua vida. Mas, profissionalmente, decide-se pela medicina, em cuja faculdade ingressa em 1955. A medicina constitui igualmente a matéria de seu livro inaugural, *Histórias de médico em formação*, de 1962, ano em que concluiu o

*Nasceu em Porto Alegre. Doutora em Romanística pela Universidade de Heidelberg, na Alemanha, com pós-doutorado na University College, University of London (Inglaterra), e na Brown University (Estados Unidos). É professora adjunta do Instituto de Letras da Universidade Federal do Rio Grande do Sul (UFRGS). Entre suas publicações se destacam: *Brás Cubas autor, Machado de Assis leitor* (UEPG, 2012), *A leitura e o ensino da literatura* (IBPEX, 2010) e *Fim do livro, fim dos leitores?* (Senac, 2009).

curso universitário. Doravante, as duas carreiras – a de escritor e a de médico – são percorridas juntas, complementando-se mutuamente.

O médico dedicou-se sobretudo ao campo da saúde pública, embora atuasse também como professor na Faculdade Católica de Medicina, atualmente Universidade Federal de Ciências da Saúde de Porto Alegre. A carreira docente iniciou em 1964, e em 1969, a de servidor da Secretaria Estadual da Saúde, onde atuou em campanhas voltadas à erradicação da varíola, da febre amarela e da paralisia infantil, entre outros males que afetavam o bem-estar da população, especialmente a de baixa renda.

Também são de contos os livros posteriores a *Histórias de médico em formação*: *Tempo de espera*, editado em parceria com Carlos Stein, de 1964, e *O carnaval dos animais*, de 1968, obra que julgava superior às precedentes. Com efeito, ali se encontra um contista maduro, consciente das características do gênero a que se dedica e de suas próprias potencialidades. Dentre essas, destacam-se a opção pela literatura fantástica e a escrita de narrativas curtas, antecipando o minimalismo propugnado pela corrente pós-modernista. Observa-se igualmente a introdução de personagens de origem judaica, seja o pensador Karl Marx, ficticiamente aposentado em Porto Alegre, seja o pequeno Joel, que, logo depois, protagonizará *A guerra no Bom Fim*, quando Moacyr Scliar estreia como romancista.

A guerra no Bom Fim aparece em 1972, importando algumas das características sugeridas em *O carnaval dos animais*. O alinhamento ao gênero fantástico é plenamente assumido, ao lado da exposição do cenário porto-alegrense, prometido desde o título da obra. Outra promessa de *O carnaval dos animais* se cumpre: personagens de origem judaica povoam o romance. Só que, de figuras colaterais, transformam-se em atores que centralizam a cena ficcional. O principal, como se observou, é Joel, mas, a seu lado, situam-se sua família, amigos, vizinhos, unidos pela pertença à etnia hebraica, pela procedência, pois migraram da Europa central para o Sul do Brasil, e por residirem no Bom Fim.

O exército de um homem só, de 1973, elege outra vez o Bom Fim como ambiente. Mas o bairro passa à condição de pano de fundo, salientando-se a personagem central, Mayer Guinzburg, conhecido como Capitão Birobidjan, dada sua fixação no comunismo soviético, que destinaria uma região junto aos rios Bira e Bidjan, na Sibéria, para acolher os judeus da Rússia, projeto frustrado, mas permanente na fantasia do herói.

Dois outros romances, *Os deuses de Raquel* e *O ciclo das águas*, de 1975, dão continuidade à temática vinculada à representação da vida judaica porto-alegrense. *Os deuses de Raquel* desloca a personagem para outro bairro da geografia de Porto Alegre, o Partenon, cujo nome, de procedência clássica, só faz salientar as idiossincrasias que a obra destaca, materializadas no comportamento da personagem principal. *O ciclo das águas*, também transcorrido em Porto Alegre, aprofunda o procedimento que tem em *A guerra no Bom Fim* uma de suas manifestações: a diferença de gerações, opondo os imigrantes, que não perderam suas marcas de origem, aos judeus nascidos no Brasil, que almejam assimilar-se, apagando os sinais que os associam a uma etnia nem sempre festejada.

Essa tônica alcança um de seus pontos altos em *O centauro no jardim*, de 1980. No relato da trajetória de Guedali Tartakovsky, identifica-se o travejamento básico da ficção de Scliar: o uso de elementos fantásticos – no caso, a criação de uma personagem que, sendo centauro, não é menos humano – e a presença da cultura judaica, cindida entre os herdeiros do passado europeu e os adaptados à vida brasileira, empurrados na direção de uma escolha entre uma das situações. Dois outros romances, *A estranha nação de Rafael Mendes*, de 1983, e *Cenas da vida minúscula*, de 1991, complementam o ciclo. O primeiro enfatiza o prisma histórico, destacando a participação dos judeus no passado brasileiro, marcado, também em nosso país, por perseguições e dificuldades de adaptação. O segundo recupera aspectos de *O centauro no jardim*, já que valoriza o enquadramento da narrativa à literatura fantástica; mas, ao importar personagens do Velho Testamento, como o rei Salomão, Scliar abre caminho para o veio, o dos enredos protagonizados por figuras bíblicas, que ocupa os derradeiros dez anos de seu percurso literário.

O ficcionista, contudo, não abandonou o conto, com que abrira sua caminhada de escritor. Em *A balada do falso Messias*, de 1976, volta ao relato curto, localizando as narrativas, exceção feita à que dá título ao livro, no mundo urbano e contemporâneo. *Histórias da terra trêmula*, de 1977, *O anão no televisor*, de 1979, *O olho enigmático*, de 1986, e *A orelha de Van Gogh*, de 1989, definem a contribuição de Moacyr Scliar ao gênero, como a mencionada opção pelo minimalismo. Outra de suas marcas é a presença de personagens que fogem à normalidade do cotidiano, apresentando anomalias sintomáticas dos desvios éticos ou psíquicos provocados por uma sociedade violenta e competitiva.

No conto, emerge o crítico da sociedade capitalista, cujas perversidades se materializam no comportamento ou na aparência extravagante dos heróis. A temática judaica passa para segundo plano, evidenciando o pluralismo das vertentes percorridas pelo ficcionista.

O pluralismo mostra-se igualmente quando se observam seus outros romances e novelas, nos quais se podem destacar duas linhas de ação. Em uma delas, Scliar vale-se da experiência como médico e pesquisador da área da saúde para criar personagens emblemáticas de sua profissão. O Marcos de *O ciclo das águas*, professor de História Natural preocupado com o bem-estar ambiental, antecipava essa tópica, mas ela se desdobra na criação de Felipe, o *Doutor Miragem* (1978). Jovem de origem humilde, ele tem ambições: sucesso na carreira e riqueza, o que acaba conquistando ao renunciar à ética profissional.

O ângulo social e militante da medicina mostra-se em outro romance, *Sonhos tropicais*, de 1992. Focado na trajetória de Osvaldo Cruz, o paladino da luta em prol da vacina contra a febre amarela e a varíola no Rio de Janeiro do começo do século XX, Scliar revela as dificuldades por que passa um profissional idealista. Que o escritor discorria sobre essas questões com conhecimento de causa indicam-no não outros livros de ficção, mas as crônicas publicadas na imprensa de Porto Alegre e os ensaios editados a partir de 1987, reunidos em *Do mágico ao social* (1987), *Cenas médicas* (1987) e *A paixão transformada* (1996).

Outra linha de ação da obra de Scliar diz respeito à abordagem de questões políticas, marcadamente as que se destacaram em nossa história. Em *Mês de cães danados*, de 1977, o ficcionista aborda o episódio conhecido como Legalidade, quando os gaúchos se mobilizaram no sentido de garantir a posse de João Goulart na presidência da República, sucedendo a Jânio Quadros, que renunciara ao cargo. Em *Cavalos e obeliscos*, de 1981, ele retrocede cronologicamente, para dar conta da participação – outra vez, dos rio-grandenses – na Revolução de 1930. *Max e os felinos*, do mesmo ano, situa o tema político em contexto geográfico mais amplo, pois o herói do título provém da Europa, deparando-se com a opressão do poder, a que se obriga a enfrentar, enquanto condição de garantir sua identidade. Em *A festa no castelo*, de 1982, episódios decorrentes do golpe militar de 1964 sugerem o pano de fundo da novela.

Pertence a essa linha de trabalho o último romance que Scliar publicou: *Eu vos abraço, milhões*, de 2010. Situando a ação nos anos 1930, à época em que Getúlio Vargas chegava ao poder e ao controle do Estado nacional, o ficcionista dá conta da trajetória de uma personagem de esquerda, seduzida inicialmente pela ideologia comunista, mas, aos poucos, desencantada com a burocracia do Partido, as dificuldades de transformar palavras em ação, a inacessibilidade dos dirigentes.

Contos, novelas e romances sugerem que o judaísmo não concentrou a produção integral de Moacyr Scliar. Mas, sem dúvida, as questões vinculadas à etnia hebraica, sua história, tradição e personalidades estiveram presentes em todos os passos de seu caminho. Em *Os voluntários*, de 1979, é o retorno a Jerusalém, meta sionista de uma das personagens, que move a trama, sendo o insucesso o sinal de que se trata de uma tarefa árdua para todos, judeus e não judeus. Também em *A majestade do Xingu* (1997) Scliar contrapõe duas personagens, para traduzir dois percursos colocados aos imigrantes judeus: o comércio, limitado e frustrante, corporificado pelo protagonista e narrador, e a militância política, sintetizada nas ações de Noel Nutels, o médico e indigenista que dedicou a vida a seus ideais. Em *Na noite do ventre, o diamante*, de 2005, também são imigrantes as figuras principais do enredo, pessoas que lutam por sua liberdade, ao buscar escapar da ameaça nazista.

Com *A mulher que escreveu a Bíblia*, de 1999, *Os vendilhões do templo*, de 2006, e *Manual da paixão solitária*, de 2008, Scliar afirma sua contribuição definitiva à literatura brasileira de temática judaica. Esses romances constroem-se a partir de personalidades paradigmáticas da Bíblia: Salomão, Jesus e Onam. Mas essas figuras, de passado histórico ou mítico, não protagonizam os enredos; retomando o processo narrativo experimentado em *Sonhos tropicais* e *A majestade do Xingu*, Scliar apresenta-os de modo colateral, sob o olhar de um outro, muito mais próximo do leitor.

Em *A mulher que escreveu a Bíblia* e em *Manual da paixão solitária*, esse olhar é conduzido por uma mulher; em *Os vendilhões do templo*, pelo modesto e anônimo mercador de objetos sagrados, cuja mesa fora derrubada pelo Cristo em visita à sinagoga de Jerusalém. O efeito desses encontros, porém, é definitivo, podendo ser, de uma parte, criativo, como ocorre à jovem autora das sagradas escrituras, de outra, devastador, como acontece ao comerciante. Mas nunca é indiferente, facultando a Scliar refletir sobre as consequências de atos de indivíduos de alguma grandeza sobre as pessoas comuns, que, diante dos marcos históricos, nem sempre sabem como reagir.

Além de patentear o pluralismo e a diversidade de sua escrita, Scliar dedicou-se a múltiplos gêneros. Contos, romances, novelas e ensaios enfileiram-se ao lado da crônica, exemplificada por *A massagista japonesa*, de 1984, ou da experiência com quadrinhos, como em *Pega pra Kaputt!*, de 1977, redação dividida com Josué Guimarães, Luis Fernando Verissimo e Edgar Vasques. Ele responsabilizou-se também por um número significativo de livros dedicados a crianças e jovens, alguns de cunho memorialista (*Memórias de um aprendiz de escritor*, de 1984), outros de orientação histórica (*Os cavalos da república*, de 1989; *O Rio Grande farroupilha*, de 1993), sem esquecer as adaptações de clássicos brasileiros (*Câmera na mão,* O guarani *no coração*, de 1998; *O mistério da casa verde*, de 2000; *O sertão vai virar mar*, de 2002). A maioria, porém, originou-se de sua imaginação, permitindo-lhe a interlocução com o leitor adolescente, que se deleita com *O tio que flutuava*, de 1988, *Uma história só pra mim*, de 1994, ou *O irmão que veio de longe*, de 2002, entre tantas histórias ricas de fantasia e entretenimento.

Tanta criatividade reunida não poderia deixar de ser premiada, o que ocorre em 2003 com a eleição unânime de Moacyr Scliar para a Academia Brasileira de Letras. Afinal, o escritor já então construíra um legado de mais de setenta livros. Sua fecundidade, porém, não se interrompeu, até que a morte veio buscá-lo em 27 de fevereiro de 2011.

Lê-lo desde então não é apenas a maneira de desfrutar sua obra, mas também de reencontrar um artista pleno que, com personagens e situações, enriqueceu o imaginário brasileiro por cinquenta anos.

Apresentação
Um idealista para todas as horas

Regina Zilberman

As últimas palavras de Mayer Guinzburg reafirmam o mantra que moveu sua existência: "Iniciamos neste momento a construção de uma nova sociedade". Idealista do início ao fim, rebelde, inconformado, a personagem não se dá por vencida, nem mesmo quando a morte se aproxima.

Mayer Guinzburg é o protagonista de *O exército de um homem só*, o segundo romance que Moacyr Scliar publicou. A ação situa-se em Porto Alegre, em particular no Bom Fim, o bairro que então abrigava os imigrantes judeus e suas famílias. Guinzburg é um desses, tendo chegado ao Brasil, proveniente da Rússia, poucos anos antes da revolução que levou os comunistas ao poder.

Longe da terra natal e, principalmente, distante do lugar que teria concretizado seus sonhos, ele procura reproduzi-los no cenário que o acolheu. Elege como modelo o projeto que o Estado soviético destinou aos judeus: uma colônia situada junto aos rios Bira e Bidjan, capaz de conciliar a tradição hebraica às diretrizes econômicas implantadas pelo regime socialista. Por isso, é alcunhado, pejorativamente, de Capitão Birobidjan, sobretudo porque nenhum dos planos se materializa: nem o dos russos, nem o do herói do livro.

O fracasso, porém, nunca o abate, e é a mescla de idealismo e insucesso que o aproxima de Dom Quixote, o cavaleiro da triste figura criado por Miguel de Cervantes e que sintetiza o limite das boas intenções.

Quixote moderno, judeu e comunista, Mayer Guinzburg é uma das grandes personagens da literatura brasileira contemporânea. Nascido no começo da década de 1970, à época em que o regime militar, no poder desde 1964, mostrava-se mais duro e opressor, Birobidjan testemunhava que, por mais sufocantes que fossem as condições políticas, nunca deveríamos renunciar aos ideais. Que Moacyr Scliar o tenha concebido logo na primeira década de sua trajetória literária indica que o então jovem escritor estava suficientemente maduro para legar uma marca de tal envergadura à nossa ficção.

O EXÉRCITO DE UM HOMEM SÓ

1970

Neste mar o Capitão Birobidjan flutua imóvel, meio afogado. Do cais os homenzinhos contemplam-no em silêncio.

A mão de Birobidjan bate em algo duro: a quilha de um barco. Instantaneamente reanimado, ele sobe a bordo do pequeno veleiro.

Não há ninguém. O Capitão prepara-se para partir. Um dia haverá de desenhar-se assim: de pé, na proa, a cabeça erguida, o olhar penetrante sondando a escuridão; um dia, quando houver tempo para a arte. Agora há muito o que fazer. Tem de voltar, subir o estuário do Guaíba, atracar em Porto Alegre e chegar ao Beco do Salso. Ali, no lugar que ele um dia chamou Nova Birobidjan, tornará a reunir os companheiros e dirá, com voz firme, mas tranquila:

– Iniciamos neste momento a construção de uma nova sociedade.

É preciso voltar. Mayer Guinzburg, Capitão Birobidjan, iça sua bandeira no mastro e prepara-se para navegar.

Colocaram Mayer Guinzburg na maca de rodas. A enfermeira o levou ao Setor de Atendimentos Externos;

deixou-o por um instante no corredor e entrou para falar com o médico residente.

– Está aí um paciente...

Um grito interrompeu-a; correram para o corredor. Encontraram o homem com a cabeça jogada para trás, os olhos esgazeando-se, os lábios roxos. O médico auscultou-o rapidamente. "Parada cardíaca!" – gritou. Tentou afrouxar as correias que prendiam o paciente; não conseguindo, subiu na maca e pôs-se a massagear o tórax. "A senhora está esperando o quê?" – gritou para a enfermeira, que continuava imóvel, paralisada de susto. "Me ajude aqui! Faça a respiração boca a boca!" Ela vacilou um instante; trepou na maca, colou os lábios na boca murcha e começou a soprar com fúria. Mais enfermeiras chegavam correndo; o médico dava ordens: chamem o anestesista, instalem soro, coloquem o desfibrilador...

Já quatro ou cinco pessoas trabalhavam sobre o corpo inanimado, quando repentinamente a maca pôs-se em movimento. O médico perdeu o equilíbrio e caiu. A maca desapareceu no fundo do corredor escuro.

– Aonde é que ele vai? – gritou alguém.

– Para Nova Birobidjan! – grita o Capitão. Os homenzinhos aplaudem com entusiasmo. O Capitão ultima os preparativos. Logo estará pronto.

A maré subirá, o vale se enfunará, o barco partirá. O Capitão Birobidjan faz-se ao mar.

1928

UM DIA MAYER Guinzburg entrou num bar do Bom Fim.

– Rosa, um cafezinho.

– Está na mão, Capitão! – gritou a garçonete, escaldando a xícara.

Mayer Guinzburg empalideceu. Rodeando o balcão, agarrou a mulher pelo avental.

– Nunca mais me chama de Capitão, está bom? Não sou Capitão. Sou uma pessoa igual a ti.

– E como é que eu lhe chamo, então? – balbuciou Rosa.

Ele hesitou antes de responder.

– Companheiro. Me trata por Companheiro.

– Está bem, Companheiro seu Mayer.

– Não. Companheiro Mayer.

– Companheiro Mayer.

– Isto. Companheiro Mayer Guinzburg, se quiseres.

– Companheiro Mayer Guinzburg.

– É isto. Agora me serve o café.

– Capitão! – gritou alguém, afinando a voz.

Mayer Guinzburg virou-se bruscamente. Sentados às mesas, os comerciantes judeus do Bom Fim* sorriam

* *Pequena história dos comerciantes judeus no Bom Fim* – Na primeira década deste século, a *Jewish Colonization Association*, entidade filantrópica patrocinada pela rica família Rothschild, adquiriu terras no Rio Grande do Sul, ali instalando colonos judeus provenientes da Europa Oriental (especialmente da Rússia), que fugiam dos *pogroms*. Esta iniciativa não foi bem-sucedida (por ser um empreendimento tipicamente capitalista, segundo Mayer Guinzburg). As colônias (Quatro Irmãos, Philipson e outras) foram abandonadas pelos judeus, que se dirigiram a Porto Alegre e outras cidades, tornando-se aí *comerciantes*. Abriram pequenas lojas de confecções, de móveis baratos; ou ainda praticavam o comércio ambulante, vendendo cabides, gravatas etc.; ou ainda vendiam à prestação.

para ele. Desconcertado, Mayer Guinzburg voltou-se para Rosa e pediu o açúcar.

– Capitão! – era a mesma voz zombeteira. – Capitão! – agora era outra. – Capitão, Capitão! – de todos os lados. Mayer Guinzburg sabia que daquele momento em diante seria sempre o Capitão. – Capitão, Capitão!

Birobidjan. Em 1928, o governo soviético destinou dez milhões de acres para o estabelecimento de uma região judaica autônoma em Birobidjan, na Sibéria Oriental. A decisão obedeceu a vários motivos, incluindo a necessidade de estabelecer uma barreira à expansão japonesa. Com este empreendimento, o governo pretendia criar um substrato econômico para os judeus num lugar onde eles pudessem desenvolver sua própria cultura iídiche.

Esperava-se ali o desenvolvimento de milhares de colônias coletivas. Plantações; criação de animais (galinhas, cobras e até – e por que não? – porcos; afinal, as superstições religiosas desapareceriam), usinas e fábricas; instituições culturais. Tudo isto haveria de transformar os judeus – comerciantes, burocratas e intelectuais – num povo de obreiros. Mayer Guinzburg estremecia de emoção quando falava em Birobidjan. Riam dele, no Bom Fim, chamavam-no de Capitão Birobidjan. Ele se enfurecia, mas calava, por estoicismo progressista. Reagir significaria dar oportunidade para que os irreverentes continuassem com os deboches. E Mayer não queria que o povo associasse Birobidjan com brincadeiras levianas.

Birobidjan. Um dia os judeus do Bom Fim reconheceriam a importância deste nome. Birobidjan: a redenção do povo judeu, o fim das peregrinações. Birobidjan!

Em 1928, Mayer Guinzburg era um jovem magro, de olhar brilhante e aspecto selvagem. Um autorretrato dessa época mostra-o usando um boné sobre a cabeleira revolta; manta cinza enrolada ao pescoço, blusão de couro surrado, botas. Sua mão estendida aponta o caminho a seguir. O sol desponta, iluminando o rosto deste líder. Ao fundo, esmaecidos, dezenas de homenzinhos: as massas.

1928. Mayer Guinzburg, sua namorada Leia e seu amigo José Goldman passeavam à noite no Parque da Redenção. Fazia frio, mas eles não se importavam; corriam, saltavam, rolavam na grama, riam e cantavam.

Leia declamava os versos de Walt Whitman*:

> "Pioneiros! Ó Pioneiros!
> O passado inteiro deixamos para trás
> Desembocamos em um mundo novo e
> [potente, variegadomundo
> Sadios e robustos nos apossamos do mundo,
> [mundo de trabalho e marcha
> Pioneiros! Ó Pioneiros!"

Walt Whitman. Depois de 1948, Walt Whitman preferia conviver com trabalhadores e gente humilde, explicava Leia. Até então vestira-se como um peralvilho; mas desde esta época usava trajes rudes. Queria abraçar o povo, beijar o povo, fundir-se nele. Declamando, Leia tremia de emoção. Era meiga e loira. Morava sozinha com o pai. A mãe os abandonara quando Leia tinha cinco anos. O pai era doente; quando se incomodava com Leia, dizia que ela ainda acabaria por matá-lo. Por causa disto, Leia chorava muito. Depois enxugava as lágrimas, procurava seus amigos e declamava para eles.

José Goldman lia o seu "Canto de Birobidjan":

---

* Tradução de Oswaldino Marques.

"Eu sou Birobidjan, região de ricas terras negras e de verdejantes florestas. A vós, trabalhadores judeus, abro o meu peito. Vinde! Deitai raízes em mim, ensinai-me a vibrar com vossas canções judaicas. Traçai sulcos em minha carne com vossos arados; eu vos recompensarei com colheitas generosas. Vinde!".

Mayer Guinzburg, Leia, José Goldman. Estavam falando de um grande país; estavam falando de camponeses e operários, homens altos, de sobrancelhas espessas, olhar sombrio mas altivo, queixos largos. Estavam falando de mulheres fortes e silenciosas, de lenço na cabeça e filhos no colo. Estavam falando de martelos e serras, de tratores e tombadeiras. Estavam falando, sentados; levantavam-se e saíam a caminhar, falando sempre; e logo estavam correndo e saltando, Mayer pulando mais alto que os outros para arrancar folhas das árvores. E se viam algum guarda, escondiam-se; escondidos, cochichavam e riam; em 1928.

Mayer Guinzburg tem ideias. Formarão uma colônia coletiva, Leia, José Goldman e ele. Ficará longe de Porto Alegre; não muito longe, é claro, pois de lá terá de vir, um dia, a Grande Marcha. Haverá um mastro, onde flutuará ao vento a bandeira de Nova Birobidjan. Semearão milho e feijão. Tratarão as plantas como amigas, como aliadas no grande empreendimento. Criarão um porco – o Companheiro Porco; uma cabra – a Companheira Cabra; uma galinha – a Companheira Galinha. O Companheiro Goldman gostará do Companheiro Porco, a Companheira Leia gostará da Companheira Cabra, mas o Companheiro Mayer Guinzburg não gostará da Companheira Galinha – não saberá por quê, mas não gostará. Se esforçará para gostar, mas não conseguirá. Leia o criticará, ele reconhecerá seu erro, mas nada poderá fazer a respeito. Morarão em barracas; num pequeno telheiro instalarão o Palácio da Cultura, onde estarão expostos os desenhos do Companheiro Guinzburg, e onde a Companheira Leia declamará Walt Whitman e o Companheiro José Goldman lerá suas proclamações. A colônia terá um jornal: *A voz de Nova Birobidjan*, cujo diretor será o Companheiro Mayer Guinzburg; conterá proclamações, noticiário internacional e até uma seção de variedades – palavras cruzadas, xadrez.

Numa noite de insônia Mayer Guinzburg escreve a mão um número inteiro do jornal, ilustrado com vários desenhos. De madrugada resolve mostrá-lo aos companheiros. Desce correndo a Rua Felipe Camarão em direção à Henrique Dias, onde moram Leia e José Goldman. Os velhos judeus que vão à sinagoga olham-no com suspeita; mas ele não tem medo deles, não; não tem nenhum medo.

Leia mora ao lado do armazém; Mayer Guinzburg dá três pancadinhas na janela; ela aparece, sorri, faz um sinal e logo depois já está na rua, tremendo de frio. Vão acordar José Goldman, que mora num correr de casinhas de madeira.

Os companheiros gostam muito do jornal, mas José Goldman faz críticas à seção de xadrez. Não gosta de jogos em geral, especialmente os de cartas, cheios de reis, rainhas, valetes – um vício burguês. Os reis, dizia, são seres gordos e estúpidos; comem frangos inteiros, arrotam, adormecem e roncam; as rainhas, perversas, colocam veneno no vinho dos inimigos. Quanto aos valetes, as intrigas palacianas ficam a cargo deles. As mesmas restrições José Goldman faz ao xadrez. José Goldman: baixinho, ruivo e míope. Muito nervoso; quando discute, treme, e sua voz se embarga de emoção. Mayer lhe garante que os russos gostam de xadrez; José Goldman fica chocado; mas acaba por admitir, a contragosto, uma seção de xadrez em *A voz de Nova Birobidjan*.

No fundo, contudo, crê que um dia os peões avançarão, não de casa em casa, mas a passos de gigante, derrubando reis, rainhas e bispos, seus cavalos e suas torres. Os tribunais do povo funcionarão, os réus confessarão, cabeças rolarão. O tabuleiro será a República dos Peões. Não haverá mais casas brancas e pretas; as casas serão de uma cor só e propriedade comum – se dois peões quiserem estar na mesma casa, poderão; se três quiserem, poderão; se quatro quiserem, poderão; cinco, poderão; seis, sete, vinte, poderão. Haverá lugar para todos. Na República dos Peões haverá casas, fábricas, plantações e o Palácio da Cultura – construído na antiga casa do Rei. Mas isto, no futuro... Por enquanto sentados no meio-fio, na Rua Henrique Dias, leem-se *A voz de Nova Birobidjan*, tremendo de frio. Passa o velho Sruli, pai de Leia, a caminho da sinagoga. Olha a filha com desgosto, mas não diz nada. José Goldman guarda no bolso o manuscrito do jornal e se despede. Tem de trabalhar. Mayer e Leia vão, de mãos dadas, passear na Redenção.

1916

Saímos da Rússia em 1916 – conta Avram Guinzburg, irmão de Mayer. – Viemos de navio, vomitando muito... Mas felizes, se bem me lembro. Felizes, sim; meu pai não queria mais saber da Rússia. Depois do *pogrom de Kischinev*, só pensava no Brasil. Rússia era a terra de Scholem Aleichem, sim, e de outros grandes judeus. Mas um inferno para nós.

Houve uma tempestade... Durou dois dias. Vomitávamos e chorávamos, lamentando nosso triste destino de... povo errante, e... Mas depois o sol brilhava e falávamos sobre o Brasil. Leib Kirschblum irá bem nos negócios, dizíamos, e de fato ele foi bem nos negócios. Avram Guinzburg casará, diziam, e terá muitos filhos, e, de fato, eu casei, tive muitos filhos.

Mayer quase não falava com a gente. Ficava sentado na popa, silencioso, olhando o mar. Pensava na Rússia. Imaginava que em outubro de 1917 haveria lá uma revolução destinada a libertar os pobres e oprimidos. Imaginava que escreveriam sobre ele, num jornal chamado *Pravda*: "A partida de Mayer Guinzburg foi uma grande perda para a Rússia; tínhamos um lugar importante reservado para ele. Mas não importa; sabemos que Mayer Guinzburg lutará sempre, ainda que sozinho. Viva Mayer Guinzburg! Viva Birobidjan! Viva Nova Birobidjan!".

Aí Mayer levantava-se, os olhos úmidos, os cabelos agitados pelo vento. Fazia gestos e movia os lábios; e embora não proferisse palavra, sabíamos que discursava e que uma multidão de homenzinhos o aplaudia. Ele discursando, nós vomitando, acabamos por chegar ao Brasil e viemos morar em Porto Alegre, então uma pequena cidade. Morávamos – nós, a família de Leib Kirschblum, e outros – no Caminho Novo, em pequenas casinhas de madeira, de beirais recortados em formas caprichosas. À noite ouvíamos a água do Guaíba marulhar sob as janelas... Bons tempos, aqueles.

Tenho uma fotografia desta época. Lá está Mayer, a cabeça raspada. Tivera tifo e nossa mãe mandara o barbeiro passar-lhe a máquina zero. Nesta fotografia Mayer

Guinzburg nos fita com seus olhos cinza-claros; embora exiba um pálido sorriso, tem os punhos cerrados. Mayer Guinzburg, meu irmão.

Nosso pai, um marceneiro, trabalhava duro. Nossa mãe limpava a casa e fazia a comida. Nós vendíamos peixe. Vendíamos cabides, também, quando faltava peixe, e às vezes roupas usadas. Outras vezes saíamos com um carrinho para recolher ferro velho. Mas eu preferia os peixes. Vendíamos bem.

Para mim o peixe era apenas uma boa mercadoria. Para Mayer Guinzburg era muito mais. Era o fruto do trabalho dos Companheiros Pescadores, homens fortes e silenciosos, cuja faina diária Mayer muitas vezes retratou em desenhos inspirados. Anos depois viria a ser grande apreciador das canções de Dorival Caymmi que celebram a vida e os amores dos pescadores. "É doce morrer no mar" – diz uma –, "O pescador tem dois amores" – diz outra.

Nossa mãe sofria ao nos ver de balaio na mão. Nossa mãe tinha projetos para nós: eu seria médico, Mayer, engenheiro; ou, eu advogado, Mayer engenheiro; ou, eu engenheiro, Mayer advogado... Logo ficou claro que eu não dava muito para os estudos, e então nossa mãe concentrou seus esforços em Mayer. Com ele o problema era outro. Mayer era magro. Rapazes magros não progridem nos estudos. Sabia-se.

E Mayer era *muito* magro. Seu crânio se revelava debaixo da pele esticada do rosto, sob o couro cabeludo raspado – seu duro crânio branco. Tão malforrada, nenhuma cabeça poderia pensar direito. Na busca de alimentos para Mayer, nossa mãe revelava *diligência, argúcia, arrojo, destemor*; *perícia* e *espírito de improvisação*; *carinho*. Perseguia tenras galinhas, suas e dos vizinhos; levava-as em pessoa ao *schochet**, assistia ao sacrifício ritual, cuidando assim que a carne (especialmente a do peito, que era a que Mayer abominava menos) recebesse as bênçãos divinas. Viajava quilômetros para conseguir de certa mulher, uma bruxa do Beco do Salso, leite de cabra – único preventivo contra a tuberculose que ameaçava os meninos magros. Mais tarde, quando nos mudamos para a Rua Felipe Camarão, ela ia bem cedo à venda comprar maçãs para Mayer. Por mais que madrugasse, contudo, já lá achava as vizinhas, comprando maçãs. Para entrar na luta pelas maçãs maiores e mais maduras nossa mãe desenvolveu habilidades especiais; seus cotovelos, mergulhando nas barrigas das outras, impulsionavam-na como remos; sua voz ressoava como uma sirena no nevoeiro; e seu peito rompia o mar de gente como a dura quilha de um barco. Finalmente ela chegava ao caixote de maçãs. De posse das frutas corria para casa – e lá encontrava a cara de nojo de Mayer. O arroz saboroso, Mayer recusava; os *Kneidlech*** quentinhos, recusava; os biscoitos doces, a boa sopa, recusava. Chegava a se esconder no sótão para não comer. Um dia, em desespero, nossa mãe jogou-se nos pés dele:

– Diz, meu filho, diz o que tu queres comer! O que quiseres, a mamãe traz! Nem que seja preciso viajar até São Paulo, mamãe traz!

Houve um silêncio, só cortado pelos soluços de nossa mãe.

– Porco – disse finalmente Mayer, os olhos fixos no prato.

– O quê? – nossa mãe levantou a cabeça.

---

* Encarregado de matança ritual.

** Bolinhos.

– Quero comer costeletas de porco. Todo mundo diz que é muito bom.

– Todo mundo diz?...

– Todo mundo.

– Porco?...

– Porco.

Aqui, falemos um pouco de nosso pai. O sonho de nosso pai era ser rabino; não o conseguira, naturalmente, mas era um crente fervoroso. Ia todos os dias à sinagoga; guardava cuidadosamente o sábado; e jejuava várias vezes por ano. Era para a mulher deste homem que Mayer Guinzburg pedia porco.

Nossa mãe levantou-se e saiu de casa sem dizer nenhuma palavra. Naquela noite ela trouxe da cozinha uma travessa fumegante.

– Que é isto? – perguntou nosso pai, intrigado.

– Costeletas de porco – respondeu nossa mãe.

Nosso pai deixou cair o garfo e ficou pálido. Lentamente levantou-se da mesa.

– Senta aí! – gritou nossa mãe. – Não vês que é só isto que ele quer comer? Este guri magro, fraco, este desgraçado? Se é isto que ele quer, é isto que ele comerá!

– Porco! – gritou nosso pai. – Porco em minha casa! Na casa de Schil Guinzburg! Porco!

– Senta! – gritou nossa mãe.

Mas nosso pai já tinha ido para o quarto; de lá nós ouvíamos o ruído de móveis destroçados e urros de raiva. Depois a porta da rua bateu. Fez-se silêncio.

Nossa mãe despejou as costeletas de porco no prato de Mayer.

– Come – disse simplesmente.

– Não quero – resmungou Mayer. – Com este barulho todo, perdi o apetite.

– Come – repetiu nossa mãe.

– Não quero. Pode ser que amanhã...

– Come.

– Mas eu não quero, não vê?

– Come! – berrou nossa mãe. – Come! Come!

Arrancava os cabelos da cabeça, lanhava o rosto com as unhas. Apressadamente Mayer engoliu as costeletas, eu o ajudando como podia.

Desde este dia minha mãe não lutava mais por maçãs. Servia arroz frio:

– Come.

Batatas cozidas:

– Come.

Pão, bolachas mofadas:

– Come!

E Mayer Guinzburg comia. Mas de vez em quando, na mesa, espicaçava a família: "Ai que saudades das costeletas de porco...". Aquele rebelde!

1919

Com a Revolução Russa, Mayer Guinzburg ficou ainda mais revoltado – continua Avram. – Acordava à noite gritando: "Às barricadas!". Não me chamava de Avram, mas sim Companheiro Irmão; e dizia: o que é meu é teu, o que é teu é meu – não há mais propriedade privada. Resolveu que usaríamos até a mesma escova de dentes, e, de fato, jogou fora a sua. Eu não quis contrariá-lo, mas deixei de escovar os dentes: tive muitas cáries por causa disto. Estas coisas todas faziam nosso pai sofrer muito. Nosso pai queria que Mayer fosse rabino; à noite colocava diante do filho os livros sagrados. Mayer abria-os de má vontade. Nosso pai incentivava-o com sábias palavras:

– Estuda, filho, estuda. Lembra-te que Rabi Iochanan ben Zacai dizia: "Foste criado para estudar a Torá".

Tonto de sono, Mayer respondia:

– Mas Simeon, filho de Rabi Gamaliel, dizia: "Passei a vida entre sábios e nada achei de melhor do que o silêncio. O essencial não é estudar, é fazer".

Mayer queria espicaçar; mas nosso pai não percebia; ao contrário, encantava-se com a polêmica:

– Simeon? Era inexperiente. Rabi Gamaliel, seu pai, sabia o que estava dizendo quando recomendou: "Procure um mestre". Eu sou o teu mestre, meu filho.

– Na Guemara – contestava o perverso Mayer – está escrito: "Se o discípulo percebe que seu mestre erra, deve corrigi-lo".

A testa de nosso pai vincava-se:

– Em que estou errado, meu filho?

– Em me obrigar a estudar estas bobagens – gritava Mayer – quando estou louco de sono! É um absurdo!

– Na Guemara está escrito – respondia nosso pai docemente – : "Se um grande homem disser uma coisa que te pareça absurdo, não rias; tenta entendê-lo". Eu também estou com sono; e se fico aqui contigo é porque Rabi Hananiá ben Teradion dizia: "Quando dois homens se reúnem para discutir a Torá, o Santo Espírito paira sobre eles". Estamos com fome, é certo. Mas o que importa? Está escrito: "Eis como vive o estudioso: come uma côdea de pão com sal; bebe água moderadamente; dorme no chão; suporta privações". A maior riqueza é o estudo, a religião.

– Não! – gritava Mayer. – A maior riqueza é a posse dos meios de produção, estás ouvindo? Estudo, religião! É bem como diz Marx: a religião é o ópio dos povos!

– Quem é este Marx? – perguntava nosso pai, espantado. – E o que ele sabe da felicidade dos homens?

– Sabe tudo! Sabe que não deve haver fome, nem injustiça. Não deve haver "meu" nem "teu"; deve ser: "O que é meu é teu; o que é teu, é meu".

Nosso pai abanava tristemente a cabeça.

– Na Mishná está escrito que há quatro tipos de homens: o *vulgar* diz: "O que é meu é meu; o que é teu é teu"; o *perverso* diz: "O que é meu é meu; e o que é teu também é meu". Quanto a mim, prefiro as palavras do *homem santo*, que diz: "O que é meu é teu; e o que é teu é teu". Mas tu, meu filho, dizes: "O que é meu é teu; e o que é teu é meu". E isto, segundo a Mishná, são as palavras do *excêntrico*, do estranho entre os homens. Acho que vais sofrer muito, filho.

Nosso pai tinha razão. Fez o que pôde para salvar Mayer Guinzburg, o Capitão Birobidjan. Se não conseguiu, não foi culpa sua.

Eu era mais velho do que Mayer e mais ajuizado. Eu era bom filho. Eu casei cedo. Eu dei a meus pais muitos netos, todos inteligentes (Mayer – sempre desprezou seus sobrinhos). Mas Mayer Guinzburg... "O que é meu é teu, e o que é teu é meu." Um excêntrico.

1929

O CAPITALISMO AGONIZA! – gritou Mayer Guinzburg quando ouviu falar do *crack* na bolsa de Nova York. José Goldman concordou com entusiasmo. Leia preferia calar. Tinha suas dúvidas.

Naquele ano Mayer Guinzburg lia Rosa Luxemburg (1870-1919), que ele chamava carinhosamente "minha rosa de Luxemburgo", embora ela não fosse de Luxemburgo e sim da Polônia. Muito moça, emigrara para a Alemanha, lá casando com um trabalhador. Editou o *Arbeiterzeitung*, mas logo depois foi trabalhar no *Leipziger Volkszeitung*. Tomou parte na revolução russa de 1905; em seu retorno fundou, com Karl Libknecht, a Liga dos Espartaquistas. Foram presos em janeiro de 1919 e levados à Prisão Moabita, de Berlim, onde os guardas os mataram a pretexto de impedir-lhes a fuga. Os corpos foram jogados em um canal e achados somente alguns dias depois. Rosa de Luxemburgo... Mayer Guinzburg chorava lendo as *Cartas da Prisão*. Rosa de Luxemburgo; Mayer Guinzburg tinha uma fotografia dela; um rosto puro e iluminado, parecido ao de Leia. Rosa de Luxemburgo.

José Goldman achava que tinham de formar logo a colônia coletiva. Mayer Guinzburg hesitava; pensava em constituir primeiro um grupo semelhante à Liga dos Espartaquistas. Para isto trouxe dois amigos: Berta Kornfeld e Marc Friedmann.

Marc Friedmann era francês. Seu pai, um engenheiro ferroviário, estava no Brasil há muitos anos. Era um homem culto e refinado. Quanto a Marc Friedmann, gostava de música e usava um lenço de seda no pescoço. Berta Kornfeld era *feia, sombria e feroz*; Marc Friedmann, *gentil e educado*; tão diferentes – e no entanto, ambos progressistas!

Formado o grupo, surgiu o problema de encontrar um bom local para as reuniões – e talvez para sede da futura sociedade. Marc Friedmann lembrou a propriedade de seu pai no Beco do Salso.

– Não costumamos ir lá – informou. – Há uma grande casa, e está vazia... Podemos usá-la como local de reuniões, e talvez formar lá a nossa colônia coletiva.

Em 1919, Porto Alegre era uma cidade pequena. Viajar ao Beco do Salso – um caminho estreito entre morros cobertos de mato – era uma expedição e – segundo Leib Kirschblum, que chegava lá perto para vender à prestação – não totalmente isenta de perigos. Isto estimulou ainda mais Mayer Guinzburg e seus companheiros: Leia, porém, não gostou muito da ideia. Mas Berta Kornfeld propôs a expulsão sumária de quem se recusasse a ir, e Leia teve de ceder. Berta Kornfeld era feia, sombria e feroz; nunca casou. Tinha uma adoração secreta por Vladimir Ilich Ulianov, o Lênin (1870-1924), cujo nome murmurava dormindo. Sua mãe, a velha Pessl, embora demente, se assustava com esta paixão: "Vai ver que é um goi, que é casado e bebe...". Berta Kornfeld veio a morrer de tuberculose, ainda moça; no delírio final chamava por Lênin, pedia que ele deitasse ao lado dela na cama, que a abraçasse. As pessoas que a assistiam na agonia desviavam os olhos para não ver esta péssima cena.

1929. Um dia partirão, de manhã bem cedo. As ruas do Bom Fim estarão desertas; nem mesmo os velhos os espiarão, os velhos que vão de madrugada à sinagoga. Se encontrarão na esquina da Henrique Dias com a Felipe Camarão, surgindo na cerração. Um desenho de Mayer

Guinzburg mostra o início desta jornada histórica – os cinco companheiros marchando, lado a lado, em direção à Avenida Oswaldo Aranha. Usam blusões de couro, bonés e mantas cinzas enroladas nos pescoços. Nas costas, grandes mochilas, com barracas, cobertores, roupas; livros: Walt Whitman, Rosa de Luxemburgo.

Tomarão um bonde, descerão no fim da linha, farão o resto do trajeto a pé. As casas irão escasseando. Surgirá a mata, a natureza. Eles aspirarão o ar puro e sorrirão. Terão chegado.

Cruzarão o antigo portão de ferro batido; caminharão por uma trilha malcuidada entre altos arbustos; chegarão a um largo descampado; e lá, sobre uma suave elevação, estará a casa.

Em 1929 a casa já será velha.

Um desenho de Mayer Guinzburg mostra-a, muito grande, com uma larga porta e muitas janelas. O estilo tende ao colonial. O material é de boa qualidade, embora a pintura esteja bastante maltratada. Rodeiam-na matos e nascentes.

Em frente à casa eles se reúnem em círculo, para uma breve cerimônia. Ainda de mochilas às costas ouvem Mayer Guinzburg falar de Nova Birobidjan, das plantações das fábricas, do Palácio da Cultura. Termina dizendo com voz firme e tranquila:

– Iniciamos agora a construção de uma nova sociedade.

Plantam no chão um grande bambu, à guisa de mastro. Nova Birobidjan ainda não tem bandeira, mas eles hasteiam o lenço colorido de Leia.

Marc Friedmann abre a porta com dificuldade. A casa está vazia; há somente um velho sofá de couro marrom. O chão de largas tábuas está juncado de insetos mortos.

Mayer Guinzburg imediatamente divide o grupo em comitês: Comitê de Limpeza, Comitê da Comida, Comitê de Estudos Políticos, este último dirigido por ele mesmo.

Como transcorrerá o resto do dia? "Em febril atividade" – dirá Marc Friedmann em seu diário; "Limpando aquela sujeira de anos" – dirá Leia, no seu. Ao meio-dia comem sanduíches. Às sete horas reúnem-se para fazer um balanço das atividades. O Comitê de Limpeza pôs a casa em ordem; decorou-a com cartazes e faixas fornecidos pelo Comitê de Assuntos Políticos; além disto, tendo terminado suas tarefas antes do tempo previsto, erigiu um novo mastro, feito de tronco de eucalipto. Mayer Guinzburg elogia isto. O Comitê da Comida preparou um jantar quente e reconfortante; com esta notícia, fica adiada a leitura do relatório do Comitê de Estudos Políticos, que versa sobre complexas questões de produtividade, tomada do poder e conscientização.

Depois do jantar reúnem-se em torno a uma fogueira e cantam: a princípio, hinos belicosos, e depois melancólicas canções em iídiche. A bandeira desce do mastro, Mayer Guinzburg faz um breve discurso sobre as tarefas que os esperam e vão todos dormir.

Durante meia hora a casa fica em silêncio. Depois se inicia uma estranha movimentação; portas se abrem e fecham, vultos passam no escuro; e sussurros, e risinhos, e exclamações abafadas...

Na manhã seguinte, ao sair do quarto de Leia, Mayer Guinzburg encontra Marc Friedmann.

– Dormiu bem, Marc? – diz, embaraçado. – Sabes que eu...

– Exijo uma reunião urgente – atalha o outro sem encará-lo. – Uma reunião de crítica e autocrítica.

Todos reunidos, Mayer dá a palavra a Marc Friedmann, que começa a falar com malcontida indignação sobre os acontecimentos noturnos. Não quero citar nomes, começa ele, sem olhar para ninguém, mas coisas estranhas aconteceram aqui, coisas reacionárias, pequeno-burguesas; nós viemos aqui para trabalhar, diz ele, para construir uma sociedade nova e, em vez disto, o que se vê é o dispêndio de energias em outras coisas. Por isto proponho, finaliza ele, que de agora em diante homens e mulheres durmam separados.

Mayer Guinzburg o escuta, a princípio intrigado, logo desconfiado e por fim irado. Espera Marc Friedmann terminar, e pede a palavra. Em primeiro lugar, diz ele, as acusações do Companheiro Marc não foram apoiadas em fatos, mas sim em sussurros, risinhos ou passos furtivos. Em segundo lugar, continua ele, nunca ouvi dizer que o amor verdadeiro, o amor progressista, fosse errado. A própria Companheira Rosa de Luxemburgo amou, e amou muito... Os argumentos se sucedem; Marc Friedmann está pálido; e quando Mayer Guinzburg finaliza, intimando-o a proceder à autocrítica, sua perturbação chega ao máximo. Há lágrimas em seus olhos quando ele se levanta.

– Não acho justo – diz –, não acho justo, vocês... Eu não posso; José Goldman sabe que eu não posso, que eu não gosto de meninas... Eu não posso, pronto! O que é que vocês querem que eu faça? Me critiquem, gritem comigo, me batam, me chicoteiem até eu sangrar – eu não posso, não posso!

Há um silêncio. Mayer dá por encerrada a reunião e os companheiros se separam.

Naquela tarde arrumam suas coisas e voltam. Mayer vai para casa. O pai o espera, sentado na poltrona, a fisionomia sombria.

– Não quero discutir – vai logo avisando Mayer.

O pai ignora a advertência:

– Mayer, meu filho, por que me atormentas? Sabes que minha maior alegria é que fosses um rabino, um sábio, respeitado... Teus livros estão todos empoeirados...

Mayer vai para o quarto; sujo como está, não se atreve a deitar na cama, com medo das recriminações da mãe. Deita no chão, vestido, e adormece. Acorda muitas horas depois; é madrugada. Levanta-se. Na sala da frente o pai adormecido no sofá de couro marrom. Sob a porta Mayer vê uma folha de papel dobrada. É uma carta de Marc Friedmann: "Quando a aurora chegar, plantem o trigo por mim. Quando o futuro chegar, quando os homens forem irmãos e se derem as mãos, plantem o trigo por mim. Quando as crianças puderem correr felizes pelos campos, sem medo da fome e da guerra, plantem o trigo por mim. Eu viverei nas espigas maduras...".

"Traidor" – murmura Mayer, amassando o papel. Vai para a cozinha fazer o café. A princípio, move-se lentamente e com desgosto; aos poucos vai adquirindo energia e entusiasmo. Acende o fogão, abanando vigorosamente as chamas débeis que surgem entre as achas de lenha; enche de água a chaleira de ferro. A pele do braço se arrepia ao contato das gotas frias, a bexiga reclama seus direitos. Coloca a chaleira sobre a chapa do fogão, onde o fogo finalmente se ergue em boas labaredas. Abre a porta da cozinha e urina na terra, olhando o galo que, pousado no muro, se prepara para anunciar à Rua Felipe Camarão o despertar do novo dia. "Bom dia, Companheiro Galo!" A água está fervendo. Põe duas – não, três colheres bem cheias de café no coador, despeja a água, e está pronto o café. No armário há um pedaço de pão dormido que ele come com apetite, molhando-o no café bem adoçado. "Bom dia, Companheiro Café! Bom dia, Companheiro Pão!" Um ruído fá-lo voltar-se: da porta da cozinha o pai e a mãe o contemplam com espanto. Mayer deixa a xícara na pia e vai para o quintal. Apanha a enxada, cospe nas mãos, escolhe um local e começa a virar a terra. Trabalha sem cessar, tem muito o que fazer. Está começando uma horta.

1930

Aquele ano foi terrível – recorda Avram Guinzburg. – Nosso pai e nossa mãe discutiam o dia inteiro com Mayer. Ele não queria estudar; afirmava que o estudo era só um mecanismo de ascensão social; também não queria trabalhar, porque dizia que não iria enriquecer nenhum porco capitalista.

Nossa mãe contava que Mayer Guinzburg sempre fora rebelde. Em pequeno não gostava de comer. Nossa mãe sentava à frente dele com um prato de sopa.

– Come.

Mayer não queria.

Nossa mãe empunhava a colher. Mayer cerrava a mandíbula, fechava os olhos e ficava imóvel.

– Come.

Nossa mãe metia-lhe a ponta da colher na boca. Mayer sentia o gosto da sopa, aquela sopa boa e quente, aquela rica sopa que nossa mãe fazia – e mesmo assim não abria a boca. Nossa mãe insistia com a colher em busca de uma brecha para entrar. Houve uma época em que Mayer perdeu dois ou três dentes e ficou com uma falha; por ali nossa mãe derramava um pouco do líquido. Depois que os dentes cresceram, ela descobriu, entre a bochecha e a gengiva, um reservatório que considerou providencial; acreditava que bastaria depositar ali um pequeno volume de sopa; mais cedo ou mais tarde Mayer teria de engoli-la. A resistência de meu irmão, contudo, era fantástica; podia ficar com a sopa ali minutos, horas – dias, acredito.

– Come. Come.

Nossa mãe começava a ficar nervosa. Nosso pai vinha em auxílio dela, inutilmente. Mayer não abria a boca.

– Come!

Nossa mãe abandonava a sopa e tentava o pão, a batata, o bife, a massa, o bolinho, o pastelão, o embutido, o frescal, o quente, o frio, o sólido. Nada. Mayer não comia.

Outras vezes ele nem aparecia à mesa. Tinha um esconderijo no fundo do quintal, uma espécie de barraca feita de galhos, tábuas e folhas de zinco. Ali ficava escondido durante horas.

– Por que te metes aí, Mayer? – eu perguntava.

É bom, ele dizia. É escuro, é quentinho. Levava para lá muitos livros, e, segundo descobri depois, comida também – pedaços de pão dormido, lascas de queijo velho, tudo isto ele comia com apetite e assim se mantinha vivo. Suspeito que a barraca era o palácio do governo de um país imaginário; porque em frente havia um mastro e ali ele hasteava uma bandeira. Naquela época nosso pai tinha alguns bichos no quintal – uma cabra, se bem me lembro, comprada por bom dinheiro da mulher do Beco do Salso; uma galinha também. Com aqueles animais, com aquelas bestas, Mayer falava e até tratava a cabra por companheira; me lembro que uma noite acordei com barulho de temporal; a cama de Mayer estava vazia, a porta que dava para o quintal, aberta. Saí debaixo de chuva, de lampião na mão, e fui encontrar Mayer com a cabra na maldita barraca. A custo pude trazê-lo para dentro; para convencê-lo, tive de trazer a cabra também.

Estas coisas todas nosso pai e nossa mãe lembravam em 1930, em suas tristes conversas à beira do fogão, comendo sementes de girassol e tomando chá com bastante açúcar. Não sabiam o que fazer. Nosso pai descia a Felipe Camarão atacando as pessoas, pedindo que falassem com Mayer, que explicassem a ele que era preciso trabalhar, casar, ter uma boa família iídiche. Todos estavam convencidos disto, mas ninguém se atrevia a falar com Mayer – aquele irascível.

Um dia nosso pai voltou para casa entusiasmado. Disse que ia chegar a Porto Alegre um médico judeu famoso, o Dr. Freud.

– Este homem – exclamava nosso pai – faz curas maravilhosas! E não usa remédios! Trabalha só com um sofá de couro – e a força da palavra!

Mas, acrescentou em seguida, o Dr. Freud estará em Porto Alegre só de passagem, pois vai a Buenos Aires. Terá de atender Mayer no aeroporto mesmo; mas não tem importância, porque no aeroporto há sofás, já me certifiquei disto.

– E se Mayer não quiser ir? – perguntou nossa mãe.

Mayer não quis ir. Disse que não acreditava naquelas bobagens. “Mas é como a Torá, meu filho!” – dizia nosso pai, angustiado. – “É a força da palavra!” Mayer não se deixou convencer. Nosso pai decidiu ir sozinho ao aeroporto, expor o caso de Mayer ao Dr. Freud e pedir ao menos um conselho.

Dr. Freud chegou a Porto Alegre na véspera do Natal. Era a época do ano em que nosso pai, trabalhando muito, conseguia ganhar um pouco mais; mesmo assim achou que deveria largar tudo e ir ao aeroporto.

Chegou antes mesmo da comissão de recepção, composta de pessoas destacadas: líderes da coletividade, médicos, professores. Com um retrato do Dr. Freud recortado de uma revista, nosso pai corria de um lado para outro, incomodando as pessoas com seu nervosismo.

Finalmente o avião pousou e Freud entrou no saguão do aeroporto. Nosso pai, empurrando e acotovelando, conseguiu chegar perto daquele homem famoso.

– Meu nome é Guinzburg, Dr. Freud – disse ele, agarrando a mão do criador da Psicanálise. – Vim aqui especialmente para falar com o senhor... Não foi fácil, o senhor sabe... É véspera de Natal...

Dr. Freud estava perplexo:

– Sinto muito, meu senhor...

Nosso pai interrompeu-o.

– Eu sei que o senhor vai dizer: que está só de passagem, que vai para Buenos Aires. Sei de tudo, sou um homem bem informado, conheço sua carreira, admiro-o muito, acho que o senhor vai longe... Mas o senhor vai ter de me ouvir.

Dr. Freud olhava para os lados como a pedir socorro. Estava no aeroporto o Dr. Finkelstein, um médico do Bom Fim que conhecia nosso pai. Ele resolveu intervir, puxando nosso pai pelo braço.

– Venha, Sr. Guinzburg... Fale aqui comigo...

Faz favor! – gritou nosso pai, desvencilhando-se. – Posso falar com o Dr. Freud ou não? É só vocês que têm direito? Eu também sou gente, sou um judeu com problemas! Não é, Dr. Freud?

– Mas é que o avião... – disse Dr. Freud, embaraçado.

– O avião pode esperar. O avião não manda na gente. Os problemas são mais importantes. Dr. Freud, o senhor *tem* de me ouvir. O senhor não imagina como esperei por este momento. Quando eu soube que senhor ia chegar eu disse para minha mulher: o Dr. Freud vai resolver nosso problema, tenho certeza. Mayer não quer ir, está certo – ou melhor, está errado, ele *deveria* vir –, mas eu falo com o Dr. Freud, eu explico o caso, o Dr. Freud dá um jeito, ele usa o poder da palavra, se for preciso ele usa um sofá do aeroporto. Dr. Freud – eu deito no sofá se o senhor quiser! Eu deito! Eu sei que o senhor tem capacidade, Dr. Freud. O senhor me lembra muito um rabino que nós tínhamos na Rússia, um rabino formidável, a gente contava os problemas, ele fechava os olhos, pensava um pouco, e pronto, dizia o que as pessoas tinham de fazer. Não errava nunca! Problemas de marido com mulher, de pais com filhos, de dinheiro, de doença – resolvia tudo! Tudo! E ele não escrevia! É o que eu digo para a minha mulher, o Dr. Freud, além de falar, ainda escreve – *O Ego e o Id*, *Totem e Tabu*... O senhor vê, eu conheço o seu trabalho.

Sigmund Freud nasceu em 1856 em Freiberg, na Morávia; desde os 4 anos viveu em Viena. Trabalhou com Breuer e Charcot. Descobriu o inconsciente. Introduziu a livre associação. Escreveu *Psicopatologia da vida cotidiana*, *Interpretação dos sonhos* e *O chiste e sua relação com o inconsciente*. Em 1930 passou por Porto Alegre e no aeroporto foi abordado por nosso pai, de quem agora se defendia pedindo aos circunstantes que interviessem, o que eles tentavam, inutilmente, fazer.

– Dr. Freud – dizia nosso pai, sempre agarrado à manga do visitante –, é o seguinte: eu tenho um filho... Eu lhe explico num minuto, Dr. Freud, o senhor logo vai entender e já me dirá o que tenho de fazer; o meu filho, ele bom, eu queria que ele fosse rabino, o senhor sabe, nós não temos nenhum rabino em Porto Alegre, e ser rabino é uma profissão digna, não é, Dr. Freud?, é mais ou menos como a sua, é só ouvir e dar conselhos, só que não usa o sofá, mas no fundo é tudo a mesma coisa, não é?, então eu queria – mas ele é um rebelde, ele não quer fazer nada, não estuda, não trabalha, já de pequeno era assim, a mãe dizia: "Come! Come!", ele não comia nada, nem a sopa, tão boa aquela sopa, que a mãe dele fazia – não é um malvado, Dr. Freud? É, sim, é um rebelde, eu lhe garanto, e eu...

O alto-falante chamou os passageiros para o embarque. Dr. Freud apanhou sua maleta e começou a despedir-se dos circunstantes. Nosso pai continuava, agora atrás dele, falando sem cessar.

– E no ano passado, Dr. Freud, ele se meteu no mato, com uns outros amigos dele, aquele José Goldman, um esquerdista sem-vergonha, e até moças eles levaram, o senhor vê que pouca vergonha, meninas judias, de boa família – não é uma barbaridade? Ah, Dr. Freud, se o senhor quiser eu lhe conto uns sonhos dele – porque ele fala de noite, de tanto que lhe pesa a consciência por incomodar os pais que só querem o bem dele; ele fala de noite, eu vou lá e anoto o que ele diz, eu nem sabia por que fazia isto, agora já sei, era um pressentimento que eu tive um dia de que o senhor haveria de vir a Porto Alegre e eu o consultaria sobre este meu filho, e se o senhor precisasse de um sonho dele para interpretar, eu já teria um sonho, vários sonhos, até por escrito...

Freud queria dirigir-se para o portão de embarque, nosso pai não deixava.

– Eu posso lhe pagar, Dr. Freud – continuava nosso pai – por esta consulta; não posso lhe pagar muito, mas também o senhor não vai cobrar o que costuma – que eu sei que é uma fortuna, o senhor não poderia viajar de avião de um lado para outro se não ganhasse muito dinheiro – porque afinal esta é uma consulta bem rápida, aqui no aeroporto, eu não deitei no sofá, e além disto o senhor é judeu como eu, e vai me fazer um bom desconto, não é?, depois eu não ganho muito, o suficiente para poder viver, para vestir e alimentar a minha mulher e os meus filhos, mesmo aquele Mayer, aquele rebelde, que se lhe disser que está contra mim porque eu não dou comida para ele, é mentira, eu dou comida, sim, a mãe dele até insistia com ele, "Come! Come!", ele não comia porque não queria...

Dr. Freud parou. Estava furioso, via-se. Gritou para nosso pai.

– Mas será que o senhor não vê que eu não posso lhe atender agora?

Aí nosso pai até se assustou, e recuou.

– Mas Dr. Freud...

– Por que não procura um psiquiatra aqui de Porto Alegre?

– Não, Dr. Freud – disse nosso pai, consternado –, não vou procurar. Eu sei que o senhor é melhor. E o senhor acha que para o meu filho, para o meu próprio filho, eu iria dar alguma coisa menos que o melhor? Não, Dr. Freud, não. Tenha paciência. Não me fale em outro médico, o senhor até me ofende. Sou pobre, mas tenho meu orgulho.

Nosso pai estava emocionado. Tremia. Tirou um lenço do bolso e enxugou os olhos. E o Dr. Freud teve pena dele.

– Olhe, eu pretendo ainda voltar a Porto Alegre. Quem sabe numa próxima vez...

Nosso pai riu tristemente:

– O senhor está querendo me enganar, Dr. Freud, eu sei disto... Mas eu não sou tão tapado assim, não. Sei que o senhor não volta. O senhor é um homem ocupado, tem os seus compromissos, os seus clientes, eu também trabalho e sei o que é isto. Não, o senhor não volta. Além disto...

Nosso pai aproximou a boca da orelha do Dr. Freud.

– Dizem por aí que o senhor está com câncer, e que o senhor não vai longe.

Dr. Freud ficou pálido. Nosso pai recuou, pôs a mão na boca.

– Meu Deus! O que fui dizer! Talvez o senhor nem soubesse! Desculpe-me por favor, Dr. Freud! Ou melhor – era mentira! Sim, era mentira minha, Dr. Freud! Era brincadeira, eu sou muito brincalhão! Não, não era brincadeira, quero dizer – era um truque, uma trapaça que eu estava fazendo para convencê-lo a me atender agora...

O alto-falante chamava repetidamente o Dr. Freud. Nosso pai pegou a maleta dele e seguiu-o.

– O senhor também vai embarcar? – perguntou o Dr. Freud, surpreso.

– Não, vou só acompanhá-lo e aí termino de contar o caso do meu filho.

Dr. Freud abanava para os amigos. Nosso pai ia falando.

– Quando eu discutia a Torá com meu filho, ele me respondia de maus modos, torcendo as palavras sagradas...

Caminhavam já pela pista.

– Debocha da Guemara, da Mishná... O senhor acha que isto é coisa que um filho faça para o pai?

Chegavam à escada de embarque. A aeromoça pediu a ficha de embarque ao Dr. Freud, ele começou a procurá-la.

– E o senhor? – perguntou ela ao nosso pai.

– Sou amigo do Dr. Freud, estou só acompanhando – respondeu nosso pai, e baixinho, ao Dr. Freud: – Não quero que ela saiba que vim consultá-lo. Não gosto que comentem os problemas da minha família. O senhor compreende, não é, Dr. Freud?

– Compreendo – disse o Dr. Freud –, minha maleta, por favor.

– Bem, Dr. Freud, agora que o senhor já sabe do caso do meu filho, eu queria uma orientação sua. O senhor vê, eu tenho um vizinho, um alfaiate, é um homem muito inteligente, mas muito cínico. Ele leu um livro sobre o senhor, e disse que já sabe o que o meu filho tem. É um complexo, ele disse. Me diga, Dr. Freud, é complexo que meu filho tem?

– Talvez – gritou o Dr. Freud, já do alto da escada, e entrou no avião.

– Talvez? Então pode ser que não seja complexo... Eu disse que aquele alfaiate não sabia nada!

O avião decolou. Nosso pai ficou abanando para o Dr. Freud, que sumia entre as nuvens.

Relatando esta conversa aos amigos, nosso pai elogiava muito o Dr. Freud.

– Grande médico – dizia –, grande sábio. Acertou direitinho o problema do meu filho. E vou dizer uma coisa: não cobra caro.

1933

MAYER GUINZBURG TEVE finalmente de começar a trabalhar. Arranjou um emprego com o pai de Leib Kirschblum, um homem muito velho, que tinha uma pequena loja no Bom Fim, chamada "A Preferida". Vendia miudezas: retroses, cadarços, elásticos, novelos de lã, retalhos de percal, peças de *lingerie*.

A loja era uma espécie de porão escuro, fresco no verão, mas gelado no inverno. Entrava-se por uma porta baixa, passava-se por cestos de retalhos e chegava-se ao balcão do fundo. Lá estava Mayer Guinzburg, fitando a rua com os olhos mortiços. O pai de Leib Kirschblum ficava na caixa, cochilando; ao mais leve ruído despertava assustado: "Pronto, senhor! Queria?... Mayer! Mayer!" – "Não é ninguém, seu Kirschblum" – resmungava Mayer numa voz ácida. No inverno de 1933 o velho ficou doente; o Dr. Finkelstein proibiu-o de ir à loja. Mayer Guinzburg teve de tomar conta do armarinho; não era muito difícil, já que os fregueses eram raros.

De manhã ele abria a loja muito cedo; às vezes, a neblina que vinha da Redenção invadia o estabelecimento e, na semiobscuridade, Mayer tinha a impressão de estar meio afogado, flutuando num mar. De vez em quando, mexia nas caixas de botões, arrumava as prateleiras. Pouco a pouco, a modorra voltava a dominá-lo e ele via, de pé sobre o balcão, muitos homenzinhos sorrindo para ele. A princípio Mayer detestava as minúsculas criaturas e tentava afugentá-las, brandindo o metro de madeira amarela. Aos poucos, porém, foi se acostumando, principalmente quando notou que ouviam com atenção seus resmungos e pareciam mesmo apoiá-lo. "Aquele velho sujo: capitalista explorador." Os homenzinhos aprovavam com a cabeça. "Se pudesse, sugava o sangue dos trabalhadores!" Os homenzinhos aplaudiam. "É preciso lutar!" Aplausos, aplausos. Entrava uma freguesa; os homenzinhos sumiam. Mayer vendia, de má vontade, um pedaço de elástico.

Aos poucos foi descobrindo outros habitantes na loja; atrás de uma peça de cretone morava uma aranha de corpo pequeno e patas longas e delicadas, que se movia com desenvoltura sobre a prateleira; no rodapé havia um pequeno buraco por onde assomava às vezes uma cabecinha de camundongo; e, finalmente, dentro de uma caixa vazia Mayer encontrou certo inseto cujo nome não sabia; era maior que uma formiga e menor que uma barata, de cor indefinida. Estes eram seus companheiros, nas longas tardes vazias.

"Se o velho Kirschblum morresse" – pensa Mayer – "eu poderia fechar a loja e começar – aqui mesmo – uma vida inteiramente nova." O pequeno pátio dos fundos – por enquanto, um sujo lugar, cheio de caixas de papelão, pedaços de madeira e latas enferrujadas – será aproveitado. Mayer Guinzburg o liberará de toda a sujeira; e a terra que se revelar será trabalhada com carinho: virada, de maneira a enterrar a crosta velha e permitindo que aflore a matéria fresca; e semeada. Agradecida, retribuirá: logo estarão brotando, espevitadas, as espertas folhinhas. Por toda a parte, plantas; por toda a parte, menos junto ao mastro, onde Mayer Guinzburg hasteará todas as manhãs a bandeira de Nova Birobidjan. Quanto à casa, será esvaziada de toda a mercadoria; retroses, cadarços, elásticos, novelos de lã, retalhos de percal, peças de *lingerie* serão arrojados a uma área de cimento; acumulados em gigantesca pira, serão incendiados; e, na fumaça negra que se erguerá ao céu, Mayer Guinzburg verá sua libertação.

– Nos poros da sociedade – gritará – nunca mais! Para a frente, forças produtivas!

A casa será redividida; uma parte será o Palácio da Cultura; em outra funcionará o Comitê Político, em outra a redação de *A voz de Nova Birobidjan*. Neste grande empreendimento Mayer Guinzburg terá aliados: a Camarada Aranha, o Camarada Rato e o Camarada Inseto. Mayer Guinzburg gostará da Camarada Aranha, do Camarada Rato, mas não gostará do Camarada Inseto; não saberá por quê, mas não gostará. Se esforçará para gostar, mas não gostará. Fará autocrítica a respeito, mas não gostará. Talvez porque o Camarada Inseto permaneça indefinido: nem bem formiga, nem bem barata; e esta ambiguidade, Mayer Guinzburg sabe, poderá no futuro se expressar sob a forma de desvios ideológicos. De uma grande tribuna, sob o retrato de Rosa de Luxemburgo, Mayer discursará:

– O Camarada Inseto incide em graves erros!

Despertam-no destes sonhos alguns fregueses raros, porém exigentes. Mayer atende-os, contrariado. "Quando chegará a hora?" – perguntava-se.

De repente. Chegou de repente, numa tarde de inverno. Ele estava sentado atrás do balcão, meio afogado no tédio, quando foi sacudido por uma espécie de choque. Levantou-se, foi até a porta e fechou-a. Voltou-se para as prateleiras e disse, com voz firme:

– Iniciamos agora a construção de uma nova sociedade.

Os homenzinhos aplaudiram. Mayer tirou o casaco, arregaçou as mangas. Ia começar a limpeza do local, quando bateram à porta. A princípio ele fingiu não ouvir; mas as batidas se repetiam de maneira tão frenética que ele acabou abrindo a porta.

Era Leia, chorando.

– Meu pai morreu, Mayer.

Meio ano depois se casaram.

1934

O VELHO KIRSCHBLUM FOI muito decente; como presente de casamento ofereceu a Mayer sociedade na loja. Premido pelas responsabilidades da vida de casado, Mayer aceitou, embora não tivesse nenhuma vontade de continuar trabalhando no balcão. Leia, porém, tinha seus planos para a loja. Começou fazendo uma boa limpeza, durante a qual foram trucidados, a golpe de vassoura, o Companheiro Inseto e a Companheira Aranha. O Companheiro Rato teve uma sorte ainda mais triste; Leia arrumava as prateleiras, quando o Companheiro Rato resolveu pôr a cabeça para fora da toca; ela soltou um berro e fugiu. Mais tarde, quando Mayer achou o Camarada Rato morto, não teve dúvida de que o coração do animalzinho acabara por liquidá-lo; afinal, pensou com tristeza, o Camarada Rato já não era moço e a emoção fora demasiada. Enterrou-o no fundo do pequeno pátio, sob caixas velhas, pedaços de madeira e latas enferrujadas.

Com novo estoque, a vitrina arrumada, e a porta sempre aberta, os fregueses começaram a aparecer. Mayer ficava atrás da caixa, sempre alerta: “Pronto, senhor! Leia! Leia!”.

Logo pôde comprar a parte do velho Kirschblum; e assim avançava, pouco temendo a concorrência; ia vendendo, com um sorriso amargo nos lábios.

Havia, contudo, um obstáculo no caminho da fortuna: a ameaça constante de um fiscal do imposto de consumo. Este homem mal-encarado aparecia nas horas mais imprevistas. Pedia para examinar os livros, os talões de notas; multou Mayer várias vezes e de maneira impiedosa. Mayer logo aprendeu a enganá-lo; e o fazia de rosto impassível, tranquilizando-se: "São as classes dominantes. Devem ser derrotadas. E quando o fizermos, iniciaremos a construção de uma nova sociedade".

Leia tornara-se grande e maciça. Ajudava na loja e ainda dirigia a casa – com energia, segundo suas próprias palavras. Cutucava o marido quando este, em meio ao trabalho, fixava os olhos num ponto sobre o balcão e movia os lábios fazendo gestos contidos, mas veementes.

O tempo fluía. O tempo, como um rio, fluía. Aos domingos pela manhã Mayer Guinzburg descia lentamente a Rua Felipe Camarão como um tronco levado pela correnteza. Este rio, Felipe Camarão, desaguava no mar – o Bom Fim. No mar Mayer Guinzburg flutuava meio afogado. Da praia, os amigos Leib Kirschblum, Avram Guinzburg e seus filhos, José Goldman – cumprimentavam-no. Mayer respondia. Sua voz soava distante, porque suas orelhas estavam imersas na água, enquanto a boca falava na superfície. Muitos anos se passaram assim. Capitão Birobidjan.

1935, 1936, 1937, 1938, 1939, 1940, 1941, 1942

Os sobrinhos de Mayer Guinzburg olhavam-no com espanto. "Como é engraçado nosso tio" – diziam a Avram. Debochavam dele, chamando-o de Capitão Birobidjan.

Mayer fingia não ouvir. Muitos anos depois, os sobrinhos souberam que se planejava escrever um livro sobre o tio.

"Meu tio era um personagem esquisito" – disse um deles, o psiquiatra. – "Esquizoide? Maníaco-depressivo? Não sei. Realmente não sei. Confesso que não sei. Faz tanto tempo... Não sei. Francamente, não sei. Teria que ver... Enfim, agora já não dá. Faz tanto tempo... Não sei."

"Pretendem fazer um livro sob a forma de módulos" – disse outro, o arquiteto. – "É interessante... Cada módulo correspondia a um ano, suponho, ou a um grupo de anos, ou talvez até uma época na vida do tio."

"Meu tio era um tipo inesquecível" – disse a assistente social. – "Havia uma certa poesia em seus gestos... Quando se contar a história do Bom Fim haverá nela um lugar para Mayer Guinzburg. Lembro-me de seu imenso carinho pelos animais. Uma frase sua até me ficou gravada: 'A cabra, Sula, é um animal útil'. Muitas pessoas têm nojo de cabras, mas meu tio não tinha!" – "Um livro?" – perguntou o publicitário franzindo a testa. – "E será que se vende? Não é pelo aspecto comercial, é claro; este também interessa, mas, enfim, não será por meia dúzia de cruzeiros... Digo pela divulgação; será que o pessoal vai ler? Pensando bem, pode ser... Talvez com uma boa capa, uma orelha interessante. Alguma coisa tal como: – Parabéns, prezado leitor, por ter adquirido este livro; ele lhe proporcionará horas de cultura e diversão. Quem foi Birobidjan? Herói? Sábio? Poeta? Descubra você mesmo, mas não se surpreenda se encontrar todos estes aspectos nesta personalidade fascinante..."

Mayer Guinzburg teve seu próprio filho. Quando nasceu, quis dar-lhe o nome de Spartacus, em lembrança à Liga dos Espartaquistas, fundada por Karl Liebknecht e Rosa de Luxemburgo. Leia preferiu Jorge e Mayer terminou concordando, embora em seu íntimo chamasse o guri de Spartacus. Leia não respeitava muito a opinião do marido; quando se irritava com ele, chamava-o Capitão Birobidjan, como todo o Bom Fim. Estavam de acordo, porém, em que o menino devia ser culto. Leia lia para ele, lia muito. Trechos de *O livro dos piratas*, de Antônio Barata: "flutuava imóvel, meio afogado...".

Mayer Guinzburg teria preferido Jorge Amado. Não estava seguro de que os piratas fossem progressistas; é certo que roubavam os ricos, estes ladrões do mar, mas não entregavam aos pobres os frutos de suas pilhagens. Isto parecia muito suspeito.

Que tempos! Um fracassado levante comunista; a guerra civil na Espanha; o começo da Segunda Guerra...

Que tempos eram estes? Quatro. O tempo de verão, sempre quente em Porto Alegre e que fazia Leia suspirar pela praia do Capão da Canoa; o tempo de outono, quando pensavam em comprar casa nova; o tempo de inverno, em que a neblina subia da Redenção; o tempo de primavera... Quatro tempos.

Mayer Guinzburg sentia-se mal. Uma coisa indefinida, uma espécie de opressão no peito. Foi ao Dr. Finkelstein. "Eles agora têm um tratamento para isto" – disse o médico. – "Deitam a pessoa num divã, a pessoa fala, fala..." Receitou pílulas. Eram pequenas e brancas, um pouco amargas. Mayer extraía uma do vidro, examinava-a com cuidado.

– Minha vida – dizia a Leia – é como esta pílula achatada, branca, amarga...

– Tome a pílula – respondia Leia – e depois come. A sopa está boa.

Leia comia bem. Não podia se desnutrir; trabalhava muito e precisava se sustentar. Não se queixava, mas às vezes sentia na boca um amargo. "A vida é amarga" – murmurava. Minorava seus desgostos com chocolates Neugebauer. Em geral permanecia firme, embora às vezes tivesse vontade de se desligar do mundo, de se apagar; suas pálpebras se fechavam e logo se abriam, num movimento que com o correr dos anos foi se tornando cada vez mais rápido – um tique, um piscar muito característico dela. Às vezes a enormidade de suas tarefas pesava sobre ela como a carga sobre o lombo de um cavalo; sentia então dor nos rins, mas só consultava o Dr. Finkelstein em último caso; este lhe receitava umas pílulas brancas, que ela sempre esquecia de tomar. Leia. Seu cabelo loiro ficou grisalho; isto aconteceu antes ainda do nascimento de seu segundo filho, uma menina.

Mayer queria chamá-la Rosa. "Por quê?" – perguntou Leia, intrigada. Mayer ia responder; ia lembrar os velhos tempos; seus olhos chegaram a se umedecer; a boca mesmo se entreabriu. Mas ele não falou. Estavam à mesa e ele contentou-se em fazer desenhos na toalha com a faca. "O nome será Raquel" – disse Leia. E acrescentou: "Come". Mayer levantou-se da mesa sem tocar no bife. A mão direita de Leia ficou tremendo. Isto acontecia às vezes; quando Mayer a irritava e quando Jorge chorava de noite ou urinava na cama; a mão direita tinha vontade de bater, mas a cabeça, mais fria, não deixava; a mão ia, mas voltava; ia, mas voltava. Este movimento se transformou num tremor, a princípio grosseiro, depois progressivamente mais fino, uma delicada vibração, semelhante à das asas dos insetos, ou à das patas das aranhas de patas finas – um tique muito característico dela. Leia. Dormia mal; revolvia-se inquieta na cama – como aos doze anos, quando acordava no meio da noite, banhada de suor, expulsa de seu descanso por certos sonhos. Leia. No oitavo aniversário de casamento, Mayer levou-a para jantar no Restaurante Guaraxaim; antes de vir a sopa beijaram-se; beijaram-se devagarinho, suavemente; Mayer Guinzburg fechou os olhos e viu então Nova Birobidjan, as plantações, os Companheiros Animais, o mastro, o Palácio da Cultura; ia falar sobre isto, mas o garção chegava. Leia deu uma ordem, Mayer deu outra. Leia deu mais dez ordens, ele deu mais uma; Leia acrescentou outras duas ordens; e Mayer, com surpreendente agressividade, finalizou com três ordens. Destas dez ordens, o garção cumpriu com razoável eficiência cinco, e com pouca eficiência três; alegando esquecimento este garção deixou ainda de cumprir duas ordens, a saber: 1) trazer o pão e 2) trazer guardanapos. Quanto ao pão, Mayer não insistiu muito: engordava-o, segundo o Dr. Finkelstein. Mayer estava deixando de ser magro. No cinto os buracos aquém-fivela aumentavam em número, os buracos além-fivela diminuíam. Mayer desconfiava que certa relação, cinco para três, por exemplo, marcava o limite divisório a partir do qual se iniciava o território da gorda burguesia. Pensava em fugir a esta evidência usando suspensórios, embora estes também fossem um símbolo retrógrado. Leia censurava-o por este tipo de preocupações: "Come", repetia constantemente; queria vê-lo sólido, não elegante. "Come". A magreza afligia-a. Sabia, é claro, que os gordos vivem menos; mas este era um problema para depois, para a hora da morte. Às refeições queria que Mayer comesse, sopa, pão; de tudo o bastante. Ela reclamou do garção; Mayer não. Preferiu armar uma briga por causa dos guardanapos; estava com as mãos sujas e não podia limpar.

– Pensa que sou porco? – gritou.

O garção escutava de cabeça baixa. Mayer viu que ele tinha os olhos fixos num ponto sobre a mesa e que movia os lábios; julgou ouvi-lo dizer:

– Sim, Companheiro Porco. É o que penso, Companheiro Porco.

Mas que zombaria era esta? Um garção, um empregado, um servo, um escravo, por assim dizer – usando o nome de um animal impuro para ofendê-lo! Aquilo era desrespeito, rebeldia, era até antissemitismo!

– Com esta gente só a chicote – comentou o homem da mesa vizinha, um gordo de boca lambuzada e guardanapo ao pescoço.

Era isto: só a chicote. Como se poderia iniciar a construção de um mundo melhor – pensou Mayer, angustiado – com elementos como aquele garção? Sentia-se mal, perturbado; não sabia se por ter comido demais ou se por abatimento moral. E isto acontecia justamente no momento em que precisava de todo o raciocínio e toda a calma: a conta já estava sobre a mesa. Tratava-se de conferir os numerosos itens, e, pior, calcular a gorjeta. Era necessário um prodígio de equilíbrio para punir o garção, sem despertar seus sentimentos revanchistas. Mayer pretendia tornar-se frequentador do Guaraxaim, e não queria ser objeto do ódio dos garções, que, segundo ouvira dizer, se vingavam cuspindo na comida. Por outro lado, tinha de punir a ineficiência, que fora da ordem de vinte, e talvez até de cinquenta por cento: poderia, pois, reduzir a gorjeta pela metade. Se se acrescentasse à ineficiência a insolência do garção, a gorjeta poderia até ser abolida; e, pensando bem, Mayer estava até autorizado a pedir um desconto na conta. Certamente não faria isto; deixaria gorjeta, porque, entre outras coisas, era dono de uma loja e gostaria que, ao sair, dissessem: "Este Mayer está bem de vida". O garção era, afinal de contas, um pobre-diabo, um miserável, bêbado e sifilítico, com certeza. Ralé, enfim.

Mayer mexia no pires da gorjeta sem cessar, tirando e colocando moedas.

– Mas o que estás fazendo? – perguntou Leia, impaciente. – Vamos, as crianças devem estar nervosas!

Mayer levantou-se. O garção ajudou-o a vestir o sobretudo.

– Até a vista, Capitão.

Capitão? Capitão Birobidjan? Mayer Guinzburg virou-se furioso. O homem sorria servilmente para ele.

– Não me chame mais de Capitão, ouviu?

– Patrão, então, está bom? Está bom, não é, patrão? Eu sabia que ia estar bom, patrão! Até a vista, patrão! Felicidades! Para a senhora também, patroa!

Que tempos, aqueles! Na Europa lutava-se contra os nazistas. José Goldman inflamava-se de indignação. Tomava lições de boxe e na frente do Serafim atracou-se com um integralista chamado Colomy.

– Todos os judeus são comunistas! – gritava o integralista, dando uma bofetada em José Goldman.

– Mentira! – José Goldman respondia com *jabs.*

– E Marx? – o integralista tentava uma gravata.

– Marx era assimilado! – José Goldman desvencilhava-se e mandava um *right cross.*

– E Trótski? – Colomy vinha a pontapés.

– Era renegado! – José Goldman esquivava-se e mandava um *hook.*

– Então os judeus não são de nada! – o integralista agora fugia. – Negam a própria raça!

– Patife! – José Goldman queria correr atrás; podia usar seu mortífero *uppercut*, mas os amigos o detiveram. De longe, Colomy gritava:

– Os judeus são comunistas!

– Antes fossem – resmungava José Goldman. – Antes fossem.

Que tempos eram aqueles! Por insistência de Leia, Mayer entrou de sócio no Círculo Social Israelita; mas como não sabia dançar teve de tomar lições com um professor italiano, que se comprometeu a ensinar-lhe o foxtrote, o maxixe, a rumba, o tango e a conga em menos de uma semana. As aulas eram dadas na casa do professor, na Rua Duqüe de Caxias, e eram sempre à meia-luz. O professor enlaçava Mayer pela cintura e tentava colar o rosto. "É só uma semana" – pensava Mayer, enojado. "Só uma semana."

Assim eram aqueles tempos. Mayer Guinzburg passava na loja todo o dia; à noite recolhia o dinheiro da caixa, ia para casa, jantava e botava o pijama. Sentado na cama contava a féria do dia, molhando os dedos num copo d'água ali colocado especialmente para este fim. Uma noite sonhou que trabalhava no campo, debaixo de um sol abrasador e sob a vigilância do garção do Guaraxaim, que lhe acenava com um grande chicote. Acordou assustado e sedento e bebeu toda a água do copo. De manhã, quando se deu conta do que tinha feito, quis vomitar, mas não conseguiu.

Que tempos eram aqueles! Mayer Guinzburg trabalhava muito. Não tinha tempo sequer para desenhar. Em todos aqueles anos fez apenas um desenho, um autorretrato: curvado, magro (mas com uma incipiente barriga), a cabeleira rebelde (resistia a todas as tentativas disciplinadoras do Gumex), um cigarro entre os dedos (fumava muito: mais de três maços por dia). Quando tentou esboçar o rosto de Rosa de Luxemburgo, verificou que os traços, antes tão familiares, começavam a se desvanecer em sua memória. Deixou de lado o álbum.

Em 1939, os republicanos foram derrotados na Espanha.

Desta guerra Mayer Guinzburg guardará, além de amargas lembranças, a letra da canção "El ejército del Ebro"; o livro de Hemingway *Por quem os sinos dobram*; uma fotografia de Robert Capa, mostrando um soldado no momento em que era atingido pelas balas falangistas. A expressão de dor no rosto daquele homem era o que Mayer via, quando se olhava no espelho pela manhã.

Em 1942, Mayer Guinzburg teve hepatite. Passou muito tempo de cama e pensava na morte, embora, segundo o Dr. Finkelstein, a doença não fosse grave. "Minha vida é vazia", dizia a Leia, quando ela trazia a sopa. "Come", respondia a mulher. De cima da cômoda os homenzinhos olhavam-no em silêncio. Avram e os filhos visitavam-no, mas não se aproximavam muito, por temor de contágio. José Goldman mandou um livro de Maiakóvski, dizendo que não era preciso devolver. Mayer suspeitava que ele também tinha medo de pegar a doença. Marc Friedmann apareceu com um rapazinho alto e moreno, mas Leia não os deixou entrar. Leib Kirschblum espalhava que a loja ia fechar. "Meu pai é que sabia conduzir os negócios" - dizia, sorrindo. "Mesmo doente, ia trabalhar". Mayer ficava deitado, sem apetite, sem força para mexer um dedo, pensando em Birobidjan: o que estariam fazendo os judeus naquelas terras férteis? Sentia-se triste e desanimado. Era a hepatite.

1942. Stalingrado resistia aos nazistas...

1942. Mayer Guinzburg ainda não tem certeza, mas sabe que acabará por fazê-lo: no trigésimo sétimo dia de sua doença saltará da cama, livre de toda a fadiga. Se vestirá silenciosamente, olhando Leia que dorme: porá calça e camisa velhas, botas, blusão de couro. Preparará rapidamente uma mochila, não esquecendo os livros: *Judeus sem dinheiro*, de Michael Gold; *O caminho da liberdade*, de Howard Fast; as obras de Maiakóvski e Walt Whitman; seu álbum de desenhos; o *Canto a Birobidjan*, de José Goldman. Irá ao quarto dos filhos; murmurará, beijando-os na testa: "Adeus, Spartacus. Adeus, Rosa de Luxemburgo". Abrirá a porta, contemplará um instante as casas da Felipe Camarão, encherá os pulmões com o ar fresco da madrugada e então iniciará a marcha.

1942. Chega à Avenida Oswaldo Aranha, sente fome e lembra-se que há mais de um mês não come direito. Entra no Serafim, pede uma taça com pão e manteiga. Come com apetite, armazenando energias para a longa jornada. Os choferes de praça olham-no com surpresa:

– Vai para a guerra, Capitão?

Mayer hesita. Pensa se valerá a pena subir ao balcão e fazer um discurso: poucas palavras, mas *inflamadas, inspiradas*: "Há muitas guerras, Companheiros Choferes. Algumas a gente luta sozinho".

Termina o café e sai. Os primeiros operários passam rumo ao trabalho. Mayer olha-os com inveja: aqueles são os homens a quem o futuro pertence; estão no caminho correto. Ele, ao contrário, nasceu e cresceu num poro da sociedade, numa minúscula cavidade onde o sol jamais penetrava; durante anos ali viveu, semiasfixiado, falando baixinho, e só com insetos e pequenos animais. Agora este erro histórico será corrigido.

1942. Os russos resistem ao avanço nazista. Mayer lembra o General Budieni e seus cossacos, cujo hino um espanhol lhe ensinara:

"Galopando caminos de coraje y valor,
ginetes vuelan como huracán.
A las armas! resuena, desde el Volga al Kubán.
la ardiente voz del clarín vengador!

Sol y polvo Budieni los dirige, allá ván
En feros potros de espuma y sudor
Aguardando la voz del comandante que diga
Adelante, a luchar y a vencer!"

Cantando baixinho, o Capitão Birobidjan toma um bonde. O condutor olha-o desconfiado:

– Vai acampar?

Birobidjan pensa em aproveitar a oportunidade para doutrinar o Companheiro Condutor; mas, ao invés, prefere acenar afirmativamente; continua a cantar baixinho. O condutor espia-o pelo espelho.

O Capitão desce no fim da linha. Daí em diante a trajetória será a pé. Birobidjan ilustrou-a no álbum *O exército de um homem só*. O *primeiro desenho* mostra a sua chegada ao sítio de Marc Friedmann, no Beco do Salso. Do alto do morro, Birobidjan contempla a cidade a seus pés; nota-se em seu rosto: *coragem, determinação* e um certo *estoicismo*; os punhos cerrados evidenciam força; e as botas apoiam-se solidamente sobre a terra. A propriedade estava abandonada há muitos anos. Desde a morte de seu pai, Marc Friedmann não fora mais lá. O lugar lhe trazia tristes recordações. Uma corrente e um grande cadeado fechavam o portão. O *segundo desenho* mostra a destruição, por Birobidjan, destes antigos símbolos de propriedade. Suas mãos empunham uma grande pedra; e seus lábios se entreabrem num sorriso jubiloso quando os olhos notam que o cadeado começa a ceder. A distância um cavalo observa-o com espanto.

Abrindo caminho no matagal, o Capitão chega até a casa. Está ainda mais estragada do que a primeira vez; os anos: 1929, 1930, 1935, o triste 1939, produziram seus efeitos. O Capitão dá uma volta em torno da casa; espiando pelos vidros quebrados vê sujeira e desolação. Decide não entrar. Traz consigo uma pequena barraca; dormirá nela. Limpa o terreno em frente à casa, usando para isto ferramentas que achou num galpão. Rompendo a névoa, o sol começa a esquentar o campo. O Capitão tira primeiro o blusão de couro, e logo a camisa. "Meu torso nu rebrilha ao sol" – pensa – "coberto do suor da nova vida". Derruba um eucalipto; liberta-o de toda a ramagem; insere-o em um buraco previamente preparado e pronto, eis o mastro. O *terceiro desenho* mostra o hasteamento da bandeira de Nova Birobidjan; é uma branca onde o Capitão pintou as letras N e B, entrelaçadas a um arado, uma enxada, um torno mecânico, uma paleta, um telescópio, um livro e uma proveta.

Vê-se o rosto do Capitão Birobidjan iluminado pelo sol. Trata-se de um homem de cerca de trinta e cinco anos, e olhos claros e nariz tipicamente judaico. É antes magro. A barba desponta; crescerá, como a de Marx, a de Freud. O vento agita os cabelos do pioneiro, enquanto a bandeira sobe lentamente no mastro. Ao término da cerimônia, o Capitão diz, em voz baixa mas bem distinta:

– Iniciamos agora a construção de uma nova sociedade.

Apinhados sobre um tronco tombado, os homenzinhos aplaudem com entusiasmo.

No *quarto desenho* vê-se que é noite. Sentado junto a uma fogueira, o Capitão entoa canções nostálgicas, enquanto prepara o jantar. Este não se realizará: o leite azedará, o café derramará, o pão cairá e se sujará, a manteiga derreterá.

De estômago vazio o Capitão se enfia na barraca. Sobre ele o céu estrelado; debaixo de seu corpo a terra, antiga e misteriosa. E por toda a parte, insetos: grilos, vaga-lumes, mosquitos; quem sabe, aranhas e escorpiões; cobras, talvez. O Capitão se enrola melhor no cobertor. Os olhos se enchem de lágrimas, o estômago ronca. "Leia, Leia" – murmura. "Jorge. Raquel." Está com saudades; mas sabe que nos cumes se é solitário; sabe que nesta trajetória é preciso destruir as pontes da retirada. Cansado de chorar, acaba adormecendo.

Os dias que se seguem verão uma febril atividade em Nova Birobidjan. É tempo de semear, e o colono semeia milho e feijão na terra preta e úmida. Neste trabalho seu coração bate depressa e sua respiração se acelera; anseia por ver brotar as primeiras folhas. Tratará as plantas como amigas: estarão a seu lado no grande empreendimento, o milho e o feijão, o milho *puro, franco* e *leal*, o feijão um pouco *dissimulado*, mas ambos companheiros. A colheita lhe trará certa dor; arrancar as espigas macias e as belas vagens... Sim, ele o fará, mas não as venderá no mercado; não submeterá os delicados vegetais à lei da oferta e da procura. Comê-los-á; incorporando-se assim ao eterno ciclo da natureza.

O Capitão não se dedicará somente a atividades agrícolas. Seu temperamento é também pastoril. E numa das poucas vezes em que sai de Nova Birobidjan, traz um porco, uma cabra e uma galinha: o Companheiro Porco, a Companheira Cabra e a Companheira Galinha.*

Quanto à Companheira Cabra, o Capitão a ordenhava; ao terminar agradecia, e servia o leite quente e espumoso. Esta bebida saudável protegeu a muitos da tuberculose. Birobidjan preferia-a a qualquer outra.

A Companheira Galinha... A Companheira Galinha era causa de muitos desgostos para Birobidjan. Era nervosa, sensibilizava-se por qualquer coisa e cacarejava sem parar – improdutivamente, pois não punha ovos. Era um peso morto. Quando ela estava de costas, Birobidjan olhava-a com rancor; pela frente, contudo, procurava tratá-la bem e até lhe sorria. Isto era duplamente difícil; com o passar dos dias, Birobidjan, que se alimentava frugalmente, sentia falta de carne. Não pensava em atentar contra a útil Companheira Cabra nem contra o amável Companheiro Porco; mas tinha de se conter para não torcer o pescoço da Companheira Galinha. Em certos sonhos via a Companheira Galinha como um animal descomunal, capaz de fornecer toneladas de peito e coxinhas; corria atrás dela lançando gritos atávicos.** Despertava destes sonhos envergonhado e pronto a fazer autocrítica: "Reconheço, Companheira Galinha, que me deixei dominar por ideias retrógradas e já

* George Orwell descreve uma situação semelhante em *A revolução dos bichos*; seus animais, porém, não são solidários com o ser humano; tomam o poder na fazenda e depois lutam entre si. Os porcos de Orwell são seres maquiavélicos. O Companheiro Porco, ao contrário, é uma criatura amável. Estendido na lama, contempla com prazer as atividades do Capitão, que tem por ele carinho especial e sabe que refocilar na lama é o trabalho do Porco.

** Charles Chaplin mostra uma cena semelhante (*Em busca do ouro*). Charles Chaplin. Era progressista. Clarice Lispector também descreve a perseguição a uma galinha em seu conto "Uma galinha".

superadas...". Tentava convencer-se de que a alimentação vegetariana era progressista, a carnívora, retrógrada; embora não estivesse bem certo disto.

Em quinze dias, Nova Birobidjan começou a tomar forma; a horta estava pronta, os Companheiros Animais tinham casa. Já estava marcado o lugar da futura usina, cujas turbinas gigantescas forneceriam energia para a fábrica de tratores. Num pequeno telheiro tinha sido instalado provisoriamente o Palácio da Cultura. Às noites o Capitão lia trechos de Rosa de Luxemburgo. Às quintas-feiras havia o Festival da Arte Progressista; os desenhos do álbum eram expostos, Birobidjan declamava Maiakóvski:

"... Para as barricadas!
Eu digo:
barricadas da alma e do coração!"

Walt Whitman:

"Pioneiros! Ó Pioneiros!
O passado inteiro deixamos para trás.
Desembocamos em um mundo mais novo
[e potente, variegado mundo
Sadios e robustos nos apossamos do mundo
[de trabalho e marcha,
Pioneiros! Ó Pioneiros!"*

Também lia contos de Isaac Babel.

Isaac Babel, de Odessa, era filho de um comerciante judeu. Após a revolução russa foi comissário político na cavalaria de Budieni. Escreveu contos sobre suas vivências de guerra. Mais tarde foi preso e enviado para um

* Tradução de Oswaldino Marques.

campo de concentração, onde morreu em 1941. Em 1942 o Capitão Birobidjan não sabia disto; ninguém sabia. Estes fatos só apareceram em 1956, quando das revelações sobre a era stalinista.

Birobidjan gostava especialmente de um conto chamado "Sal". Uma mulher, uma reacionária, entra num trem com um saco de sal (destinado ao câmbio negro); engana um soldado chamado Nikita Balmashev, dizendo que leva no embrulho uma criança. Ao ser descoberta, diz: "Vocês não se preocupam com a Rússia. Apenas querem ajudar estes sujos judeus, Lênin e Trótski". Tomado de justa ira, Nikita Balmashev liquida a contrarrevolucionária, dizendo: "Seremos impiedosos com todos os traidores". Ao chegar a este ponto o Capitão Birobidjan alteava a voz e olhava fixamente para a Companheira Galinha, esperando que entendesse a insinuação. Fingia ciscar o chão, a cínica.

O Capitão dedicava as noites à preparação de *A voz de Nova Birobidjan.* Este jornal, manuscrito, tinha uma tiragem de um único exemplar. O Capitão o lia para os Companheiros no domingo à noite, afixando-o após no mural do Palácio da Cultura. O cabeçalho ostentava o símbolo de Nova Birobidjan – as letras N e B entrelaçadas a um arado, uma enxada, um torno mecânico, uma paleta, um telescópio, um livro e uma proveta; sob o desenho a frase histórica: "Iniciamos agora a construção de uma nova sociedade". O editorial era uma proclamação dirigida ao Companheiro Porco, à Companheira Cabra e – especialmente – à Companheira Galinha, concitando-os a aumentar a produção. Seguia-se um comentário sobre a situação internacional; Birobidjan anunciava grandes vitórias dos republicanos na Espanha – em 1942! Era mentira, mas como admiti-lo? Como reconhecer que, apesar do brado heroico – "No pasarán", os fascistas haviam passado? Como permitir que o derrotismo dominasse os Companheiros Animais? Que consequências desastrosas isto não acarretaria para Nova Birobidjan – a Companheira Cabra dando menos leite, por exemplo?

Preferível mentir. Birobidjan sabia que uma mentira progressista vale mais do que uma verdade reacionária. E assim descrevia esplêndidas vitórias em Madri, em Bilbao.

Seguia-se uma transcrição das *Cartas da Prisão*, de Rosa de Luxemburgo. Ao lado, um desenho do rosto puro e iluminado da imortal Rosa. O Capitão agora não esquecia os traços daquela venerada fisionomia; de fato, era um tema constante em seus desenhos.

As notícias sobre Nova Birobidjan eram entusiastas: "A colheita do milho superará todas as expectativas! O milho progressista. O feijão brota mais viçoso que nunca!" O leal feijão. Havia congratulações pelo aniversário da Companheira Galinha... No fundo, o Capitão era sentimental, ele mesmo reconhecia isto. Se tinha de bater com uma mão, dava um jeito de acariciar com a outra. Além disso esperava que com este estímulo a Companheira Galinha caísse em si e se integrasse de uma vez no processo da produção. Não queria arrastá-la à barra do Tribunal do Povo, onde a condenação seria inevitável.

Havia finalmente uma seção de variedades, constando de charadas e palavras cruzadas; isto era uma pequena concessão que o Capitão fazia a si próprio, pois gostava destas inocentes diversões; mesmo assim os conceitos destinavam-se a avivar-lhe a memória sobre importantes tópicos de natureza ideológica. Quem era o "grande filósofo, amigo de Marx, autor de *Anti-Dühring*," seis letras?

Engels, é claro. Como esquecer Engels? Como esquecer que ele nasceu em 1820 em Barmen, na Alemanha, que morreu em 1895? Engels.

1942 terminou. O Capitão entrou em 1943 deitado em sua barraca, ouvindo a chuva tamborilar sobre a lona. De novo teve saudades de sua casa, especialmente dos filhos e da sopa quente que Leia fazia em noites de chuva. Ia chorar; conteve-se, porém. Não queria dar aos Companheiros Animais o espetáculo deprimente de sua fraqueza. Passou o resto da noite do Ano-Novo abafando os soluços.

Acordou tarde. Um sol de verão aquecia Nova Birobidjan. Envergonhado, arrastou-se para fora da barraca, passou pelos Companheiros Animais e foi se lavar no riacho. Perto do Palácio da Cultura teve uma surpresa: a Companheira Galinha pusera um ovo. Birobidjan soltou um brado de alegria: seu trabalho ideológico dava resultado!

Rápido, apossa-se do ovo. Está quente ainda. Há semanas Birobidjan come só vegetais e as escassas provisões que traz do armazém.

De repente uma dúvida o assalta: terá direito ao ovo? Não se trata de propriedade coletiva? Birobidjan senta-se, angustiado. Um ovo... É muito pouco para quatro, mas é suficiente para ele; não pode, contudo, confiscá-lo sem maiores explicações. Além disto sentirá remorsos se o comer sem antes trabalhar. E então lhe ocorre uma ideia, a ideia que o faz rir e bater palmas, que o convence de sua vocação de dirigente. Subindo a uma pedra, pede silêncio, e anuncia que vai falar. O novo ano, diz ele, deverá ver esforços redobrados; mas estes serão recompensados. Agora mesmo, anuncia, é instituído um prêmio para o companheiro que mais trabalhar na horta... Um ovo. Começa a competição: Birobidjan sai correndo e atira-se à capina com vigor; canta e golpeia a terra... Um ovo! Ele o comerá no almoço. Talvez faça até um consomê!

E então vê que há uma mulher parada junto ao mastro.

– Leia!

Corre para ela, abraça-a e beija-a chorando.

– Como estão as crianças, Leia? E como me achaste?

Sentam-se junto ao mastro. Birobidjan vê que sua mulher está magra; seus olhos piscam mais do que nunca; e quando quer acender um cigarro não consegue: as mãos tremem demais.

– Mas tu fumas, Leia? Tu agora fumas?

– E o que querias?

Olham-se. Ela vê uma estranha criatura, um homem queimado do sol e com longa barba, de olhar fixo e brilhante.

– E como estão as crianças?

– Bem...

Enxuga os olhos.

– Não chora, Leia. Eu estou bem, não vês? Me sinto melhor do que nunca. Estou comendo bem.

– Estás, Mayer? – Ela o examina com atenção. – Mas tu estás magro, Mayer!

– Que nada! É que perdi aquela gordura balofa! Agora sou todo músculos! Como bem...

– Comes mesmo?

– Claro! Hoje, por exemplo, tem sopa no almoço. Uma sopa igual à que tu fazias. E ovo também. Só que o ovo ainda não resolvi se vai ser frito, cozido...

– Cozido. Frito te faz mal.

– É verdade! – o Capitão ri. – É verdade, Leia! Eu já tinha me esquecido! Frito me faz mal! Mas tu não esqueces, não é, Leia? Tu sempre pensas em mim! E as crianças?

– Estão bem... – Leia olhou ao redor. – Onde é que tu moras? Na casa?

– Te lembras desta casa, Leia? Te lembras daquela noite, Leia?

– É lá que tu moras?

– Não... Preferi uma barraca. É mais fresco... agora que vem o verão.

– E como te arranjaste naquelas noites em que faz frio? E quando chove?

– É quentinho na barraca, Leia! Palavra! E não entra chuva, não!

Ela não parecia muito convencida. Abriu a sacola:

– Por via das dúvidas eu te trouxe alguma coisa.

O Capitão viu um pulôver, meias de lã, pão, laranjas, três cebolas.

– Obrigado, Leia. Não é que esteja me fazendo falta... tu vês, hoje por exemplo, tenho tanta coisa para comer que ainda nem escolhi... Sopa, ovo... Em todo o caso, te agradeço. Quando eu quiser variar um pouco... E as crianças?

– Bem...

– E o Spartacus?

– Quem? – ela franze a testa.

– O Jorge... Tu ainda lês para ele? *O livro dos piratas*? Aquela parte que diz: "Português flutuava móvel, meio afogado...", tu ainda lês?

– É isto mesmo! – Leia sorriu, admirada. – Tu ainda te lembras, não é, Mayer? Tu não esqueceste, Mayer!

– Eu quero te dizer uma coisa – Birobidjan ficou sério. – Não deves ler estes livros para os nossos filhos. São antieducativos. Deves ler contos do Babel. Babel escreve bem, é progressista, ele.

Calou-se, ficaram em silêncio algum tempo.

– Te lembras da noite em que viemos para cá? – perguntou o Capitão. – Te lembras como tu vieste para o meu quarto, bem quietinha? E te lembras do Marc Friedmann no outro dia? – Imita a voz afeminada de Marc: – "Não acho justo..."

Leia sorri timidamente.

– Ora, Mayer... Era tudo sonho, aquilo...

O Capitão pôs-se de pé:

– Não, Leia! Não era sonho, não! Era um ideal, Leia. Um grande ideal, que eu agora estou pondo em prática. Vem comigo.

Mostra a horta, o local da futura usina, o mastro com a bandeira, o Palácio da Cultura. Ao chegarem à barraca o Capitão não resiste: abraça-a ternamente:

– Leia...

Metem-se na barraca. O Capitão tem o ardor dos Pioneiros; Leia corresponde, em meio a queixumes e suspiros de prazer. De repente ela solta um grito:

– Me lamberam!

O Capitão dá um pulo.

– Um bicho! Me lambeu o pé.

Birobidjan levanta a lona. É a Companheira Cabra.

– É a Companheira Cabra – diz, rindo.

– Quem? – Leia olha desconfiada.

– A Companheira Cabra – repete o Capitão. – Dá um leite formidável! Não é, Companheira Cabra?

Abraça o animal, murmurando palavras carinhosas: "É a Companheira Cabra, a minha linda, a minha querida...". Leia desvia os olhos.

Mais tarde passeiam pelo mato; Leia tenta convencê-lo a voltar para o Bom Fim.

É inútil, Leia. Não vês? Iniciamos aqui a construção de uma nova sociedade...

Por sua vez, o Capitão quer que ela venha com as crianças para Nova Birobidjan.

– Teremos aqui uma vida saudável, livre de toda a opressão.

– Sim – ela é sarcástica –, livre da opressão e cheia de bichos. Companheira Cabra e sei lá que mais...

– Companheira Galinha – acrescenta o Capitão – e Companheiro Porco.

– Companheira Galinha! Companheiro Porco! – ela olha-o, quase aterrorizada. – A que ponto chegaste, Mayer!

– Concordo com todas as restrições que possas fazer à Companheira Galinha – diz ele, com gravidade. – Eu mesmo já a critiquei várias vezes. Quanto ao Companheiro Porco, é leal e corajoso. Se não trabalha mais é devido a sua própria natureza...

– Tu achas que eu ia jogar as crianças aqui neste jardim zoológico? – Leia está perdendo a paciência. – E ainda por cima esta propriedade não é tua! É de Marc Friedmann! Ele vai ficar sabendo disto!

– A terra é de quem a trabalha – grita Birobidjan. Com o rabo dos olhos vê que os homenzinhos, escondidos atrás de um arbusto, sorriem para ele.

Leia soluça. Birobidjan tenta consolá-la; ela o repele. Consulta o relógio.

– Tenho de ir embora. Mas antes vou te fazer o almoço.

Encaminha-se para a improvisada cozinha de Birobidjan. Ele a segue, embaraçado:

– Não precisa, Leia...

Ela já está mexendo nos talheres e panelas, resmungando. "Falta tudo, aqui. Onde é que já se viu..." Birobidjan acende o fogo. Depois de algum tempo ela consegue produzir salada, sopa e arroz com ovo. O Capitão olha o prato desconsolado:

– Este ovo, Leia...

– O que é que tem?

– Eu mesmo queria prepará-lo. Foi um prêmio, não vês?...

– Que prêmio! Era um ovo igual aos outros. Come.

– Não, Leia...

– Come.

– Eu não gostaria...

– Come. Eu tenho de ir embora.

– Leia...

– Come! Come! Come!

Em desespero ela morde os punhos, puxa os cabelos, berra como uma cabra ferida. Assustado, Birobidjan engole a comida. Leia chora, a cabeça escondida entre as mãos. Quando o Capitão termina ela se levanta, recolhe suas coisas e sem dizer palavra encaminha-se para o portão.

Birobidjan suspira, apanha a enxada e vai trabalhar.

1943

O Capitão sempre pensara que a propriedade de Marc Friedmann estivesse abandonada e deserta. Enganava-se.

Nos limites da propriedade viviam, numa casinhola de madeira, quatro homens e uma mulher. Os homens eram trapeiros. Andavam sempre sujos e com fome. Gostavam de gracejar: diziam para a mulher que, se tivessem mais três companheiros, viveriam como a Branca de Neve e os Sete Anões. De manhã saíam de casa, mas não iam longe; sentavam-se ao sol e ficavam bebendo, conversando e jogando cartas. Bons amigos que eram, formavam uma sociedade amena, não competitiva. Seus nomes: Libório, Nandinho, Hortênsio, Fuinha. Libório às vezes gostava de pescar no riacho; Nandinho preferia explorar as redondezas em busca de galinhas desgarradas. Hortênsio, hábil no manejo do bodoque, volta e meia matava um passarinho. Fuinha conhecia o valor de certas ervas.

A mulher falava pouco. Cozinhava, arrumava a casa o melhor que podia e tentava cultivar a terra; sem resultado, porque Libório pisava nos pés de milho, mal eles brotavam. À noite deitava com os quatro, sua posição variando: ora na ponta, de frente para Libório ou de costas para o mesmo; ora entre Libório e Nandinho, ou de costas para Libório e de frente para Nandinho; ora entre Nandinho e Hortênsio, de frente para Nandinho e de frente para Hortênsio etc.

A casinhola tinha uma peça só; não dispunha de luz, nem de água encanada, nem de esgoto, nem de assoalho, nem de janelas, nem de armário para livros. Mas era pitoresca; situada no alto de uma pequena colina, tinha vista para um campo de gravatás.

Havia uma grande cicatriz no rosto de Hortênsio. Fuinha tinha cara de índio. Nandinho cantarolava o tempo todo e Libório usava barba. Tinham um casaco só, no inverno enrolavam-se em sacos e batiam queixos. Nestas ocasiões Libório murmurava: "Que triste a nossa vida, amigos! Que triste!". Chorava, então, chorava muito.

Às vezes caminhavam pelo sítio. Iam espiar a casa, mas nunca se aproximavam muito, pois diziam que era mal-assombrada.

Foi num destes passeios que descobriram o Capitão Birobidjan. Era um belo dia; o Capitão trabalhava na horta, capinando e cantando. Ao vê-lo os quatro levaram um susto e se esconderam no taquaral, de onde ficaram a espiá-lo.

– É o dono – dizia Libório.

– O dono! O dono nunca apareceu aqui – respondia Nandinho.

– Quem sabe é uma alma penada? – lembrava Hortênsio.

– Alma! – Fuinha debochava. – Onde é que se viu alma capinar?

Viram o Capitão conversar com os animais e concluíram que o homem era louco mesmo. Mais tarde observaram a cerimônia da descida da bandeira e a leitura de poesias, à luz da fogueira. O Capitão jantou, lavou os pratos e se meteu na barraca.

Libório, Nandinho, Hortênsio e Fuinha eram engraçados.

Iniciaram naquela noite uma série de brincadeiras com o Capitão Birobidjan.

Nesta *primeira noite* levantavam a lona da barraca, puxavam os dedos do pé do Capitão e saíam correndo. A princípio, Birobidjan pensava que fosse a Companheira Cabra e ria; de repente se dava conta que a Companheira Cabra *lambia*, mas não *puxava*; levantava-se, saía para fora; à luz do luar examinava os campos, as plantações, o taquaral onde o vento sussurrava. Não via ninguém. Ressabiado, voltava para a barraca e adormecia. Pouco depois, novo puxão nos dedos... E assim até amanhecer.

Na *segunda noite* introduziram um ratão do banhado na barraca. Grande pavor de Birobidjan.

Na *terceira noite*, uma pequena cobra. Mesmo resultado.

Na *quarta noite*, duas grandes aranhas-caranguejeiras foram colocadas junto ao travesseiro do Capitão, a trajetória das mesmas sendo acompanhada em imaginação pelos quatro amigos:

– Estão perto da cara dele – dizia Libório.

– Vão subir no pescoço – arriscava Nandinho.

– Não: uma sobe no pescoço e outra na cara – garantiu Hortênsio.

– Como é que tu sabes? – Fuinha se irritava. – E se uma aranha resolver entrar na boca dele?

– E daí? – Hortênsio se encrespava. – Para entrar na boca não tem que andar primeiro pela cara?

Um grito terrível interrompeu este debate. À luz do luar viram o Capitão a correr pelos campos.

Na *quinta noite* o General nem jantou. Estava tão tonto de sono que passara o dia cambaleando entre os pés de milho; mal o sol se pôs entrou na barraca e adormeceu em seguida. Os quatro amigos ouviram-no roncar e esfregaram as mãos. Para aquela noite tinham preparado a melhor travessura...

Por volta das onze horas o Capitão estava tendo um pesadelo. Sonhava que era empregado de uma pedreira, tinha de extrair uma tonelada de granito por hora. O dono ameaçava-o de revólver: "Com mil trovões! Trabalha, porco proletário!". De repente uma pedra enorme rolou do alto e atingiu-o em cheio, derrubando-o. E ele ficou soterrado, meio esmagado...

Acordou suando. A custo levantou a cabeça: havia uma pedra enorme sobre seu peito. "Não era sonho!" –

gemeu o Capitão. Agarrou a pedra com as duas mãos e a custo jogou-a para fora da barraca.

Na pedra estava amarrada a extremidade de um barbante; a outra extremidade formava uma laçada – em torno do pênis do Capitão.

Desta vez o grito foi mais forte que em qualquer das noites anteriores. No taquaral os quatro amigos riam e se esmurravam, se esmurravam e riam. "Aposto que arrancou!" – gritava Fuinha. "Aposto cinquenta contos como arrancou! Aposto!" Ninguém queria apostar; todos concordavam, rindo: "Arrancou! É claro que arrancou!".

O Capitão os localizou pelas risadas. Silenciosamente, com os movimentos dificultados pela dor, rastejou até o taquaral. Os quatro discutiam agora os planos para a noite seguinte. Nandinho era de opinião que deviam enrolar o Capitão na lona da barraca e jogá-la no riacho; Libório queria espalhar peixes vivos na cama: "Peixes vivos! Ele vai ficar maluco!". Mas Nandinho, bêbado, resmungava: "Eu, por mim, degolava ele e ficava com a barraca, com as panelas, com o porco, com tudo". Discutiram um pouco mais e depois se foram.

Birobidjan deixou-se ficar deitado na grama úmida. De vez em quando gemia. Mas era de dor e ódio que ele gemia, não de medo; "No pasarán", era o que ele dizia gemendo.

1943. Stalingrado resistia. Os nazistas eram forçados a recuar. Breve os aliados desembarcariam nas praias da Normandia... 1943.

Naquela mesma noite o Capitão convocou uma reunião do Comitê de Defesa.

– Companheiros – disse ele. – Nova Birobidjan passa por um momento difícil...

Fez uma pausa. Apertou os lábios; o Companheiro Porco, a Companheira Cabra e os homenzinhos estavam atentos; mas a Companheira Galinha, como sempre, cacarejava levianamente. O Capitão lançou-lhe um duro olhar.

– Companheiros! O inimigo nos cerca. Um inimigo cruel e poderoso. O inimigo não está brincando, como muitos poderiam crer...

Tornou a olhar para a Companheira Galinha.

– Ele visa à nossa destruição. Precisamos nos defender, companheiros! Precisamos mobilizar nossas forças. Considerando a situação de emergência, companheiros...

Interrompeu-se dramaticamente, olhando para os Companheiros. Até a Companheira Galinha ficou quieta.

– Proclamo-me o generalíssimo das forças de Nova Birobidjan!

Os homenzinhos aplaudiram demoradamente. O Capitão esperou que as palmas cessassem e continuou:

– Nossa economia passa agora a ser uma economia de guerra. Nada de gastos supérfluos. Devemos aumentar nossa produção. Todo o esforço é pouco. Trabalharemos, se for preciso, vinte e quatro horas por dia, mas haveremos de vencer!

Os homenzinhos tornaram a aplaudir: a Companheira Cabra baliu, o Companheiro Porco grunhiu. Quando se esperava alguma manifestação da Companheira Galinha, ela permaneceu em silêncio. Este detalhe não escapou ao Capitão.

Birobidjan acendeu uma fogueira e, apesar de ser noite, procedeu à cerimônia do hasteamento da bandeira. Conclamou mais uma vez os Companheiros a lutar; e depois mandou que se dispersassem. Queria ficar sozinho para preparar os planos de defesa.

No dia seguinte trabalhou na horta, como sempre. Fazia parte de sua tática manter em Nova Birobidjan uma aparência de normalidade. À noite, arriou o pavilhão e apagou a fogueira.

O ataque veio pouco depois da meia-noite. Chovera, mas o vento dispersara as nuvens e agora havia luar. O inimigo saiu do taquaral; sua arrogância era evidente: abundavam os risos, as chacotas, os impropérios. Tão confiantes estavam na superioridade de suas forças que se haviam embriagado.

Escondido no mato, o Capitão aguardava, confiante em sua milícia popular.

O inimigo vem entoando canções de deboche:

"Sabãozinho, sabãozinho,

De judeu gordinho...".

Gordinho! O Capitão sorri, olhando seus braços magros. Os quatro avançam pela trilha estreita...

Com um grito, Libório desaparece no chão. Caíra na primeira armadilha! Um fosso profundo, coberto por uma frágil armação de galhos e folhas.

– É o primeiro! – murmura o Capitão, entusiasmado.

Ao invés de salvar o companheiro, os outros três puseram-se a correr; foi então que Nandinho caiu na segunda armadilha, acionando um dispositivo de bambus que arrojou uma flecha, quase lhe despedaçando a orelha.* Hortênsio e Fuinha bateram em retirada. De repente saiu de uma moita a Companheira Cabra; perseguiu-os e conseguiu derrubar Hortênsio a chifradas.

– Bravo! – gritou o Capitão. – Sus, Companheira Cabra!

---

* Muitos anos depois os vietcongues usaram um artefato semelhante contra as tropas norte-americanas. Vietcongues.

Correndo sempre, Fuinha acabou por cair no banhado, onde afundou no lodo.*

A vitória fora completa. O Capitão Birobidjan e seus companheiros reuniram-se em alegre confraternização, o Capitão cantando "El Ejército del Ebro" e "Kalinka". A Companheira Galinha não foi achada em parte alguma.

No dia seguinte realizou-se o comício da vitória. Noticiando o fato, dizia *A voz de Nova Birobidjan*:

"O comício foi precedido por um grande desfile operário. À frente vinha o Companheiro Porco. Seguia-o a Companheira Cabra, com a bandeira de Nova Birobidjan presa aos chifres. Ao passarem pela tribuna de honra foram saudados pelo Companheiro Mayer.

Deve ser mencionada a defecção da Companheira Galinha. Convidada a participar do desfile mostrou sua vacilação, cacarejando nervosamente. Finalmente alçou voo e foi pousar numa árvore. Este vexame foi presenciado por todo o povo.

Em seu discurso o Companheiro Mayer salientou o significado da vitória e cumprimentou os participantes do desfile, deplorando porém a conduta reacionária da Companheira Galinha, que, por suas repetidas omissões, tinha, verdadeiramente, se posto à margem da História. Mayer afirmou que o Comitê de Defesa cogitou inclusive de submeter a Companheira Galinha ao Tribunal Popular, esta medida só não sendo levada a cabo pela benevolência dele, Companheiro Mayer. O discurso foi demoradamente aplaudido pelas massas."

---

* Cena semelhante serve de motivo a uma passagem da cantata "Alexandre Nevsky" de Prokofieff, que celebra a vitória dos russos, chefiados pelo Príncipe Alexandre Nevsky, sobre os Cavaleiros Teutônicos (século XIII). Os invasores caíram num lago gelado, e não num banhado. Mas o efeito foi o mesmo. Alexandre Nevsky.

As festividades foram até a noite e culminaram com o banquete da vitória. Birobidjan teria gostado que o prato principal fosse a Companheira Galinha – decapitada, depenada, assada, deitada numa travessa com as patas para cima, rebrilhante de molho. Mas não teve coragem; optou por vegetais. E era milho e feijão, e alface... uma abundância. E vinho; uma garrafa que o Capitão tinha guardado para ocasiões especiais. Cantou e declamou, sempre aplaudido pelos homenzinhos; e finalmente foi dormir.

Antes de adormecer, pensou em procurar os quatro homens no dia seguinte. Não eram maus, afinal de contas. Eram povo, e o povo sempre é bom. Gente inculta, grosseira – mas seres humanos. Estenderia a mão para eles. Corresponderiam, por que não? O Capitão os convidaria a visitar Nova Birobidjan; eles se entusiasmariam com as plantações, com o local da futura usina, com o Palácio da Cultura. E se integrariam em Nova Birobidjan. Deveriam, é claro, passar por um período de doutrinação; o Comitê Político se encarregaria disto. Depois se incorporariam ao processo de produção. Não haveria problema. O determinismo histórico...

Seus olhos se fecharam. Nova Birobidjan ficou em silêncio; todos dormiam, até mesmo os homenzinhos.

Foi um erro. Foi um erro histórico. O Capitão Birobidjan subestimara as forças da reação...

Acordou sufocado e tossindo. A barraca estava em chamas! Pegando suas roupas, o Capitão arrastou-se para fora.

Nova Birobidjan estava incendiando. Tudo: o milharal, a casa dos Companheiros Animais, o Palácio da Cultura ardiam numa única e gigantesca fogueira.

Sem saber o que fazia o Capitão saiu a correr pelo campo. Os gravatás feriam-lhe cruelmente os pés nus, mas ele não parava para calçar as botas. Chegou à casa, jogou-se contra a porta, que cedeu a seu peso e se abriu. O Capitão Birobidjan rolou pelo chão empoeirado. E ali ficou, deitado. Chorava. Chorava como seu avô depois do *pogrom* de Kischinev: gritando e batendo no peito com o punho cerrado. Chorava pela colônia arrasada, pela plantação, pelo Palácio da Cultura, pelo mastro com a bandeira. Chorava por milhões de operários espalhados no mundo, gente pálida e magra, de grandes olhos que já não vertiam lágrimas.

Chorou muito tempo.

Aos poucos foi se acalmando. Levantou-se, trancou a porta. Secando as lágrimas, tentou dar um balanço na situação. Caminhou pela velha casa, examinando-a à luz de fósforos. O assoalho estava juncado de animais mortos: ratos, aranhas, insetos. O Capitão ia pisando os pobres corpinhos secos. Trancou todas as portas e voltou ao salão; só então notou que estava de cuecas. Vestiu-se. Empunhando um pedaço de cano enferrujado, sentou-se diante da janela, no sofá de couro marrom, o único móvel que ficara na casa. Não ousou fechar as tampas das janelas, por onde se filtrava uma débil claridade.

Tinha medo... do escuro. Sim, do escuro.

As horas foram passando. O Capitão cabeceava de sono. De repente abriu os olhos, assustado, com a impressão de que alguém o espreitava. Alguns minutos depois os vidros da janela voaram em estilhaços e alguma coisa veio rolando pelo assoalho até seus pés. O Capitão acendeu um fósforo.

Era a cabeça sangrenta do Companheiro Porco. Logo depois chegava a cabeça da Companheira Cabra.

O Capitão não conteve um soluço. Rastejando pelo assoalho foi até a janela e fechou os tampos. Depois voltou até onde estavam as cabeças; contemplou-as demoradamente à luz de fósforos. Queria falar aos companheiros; queria dizer que seu sacrifício não fora em vão; queria dizer que haviam lançado as sementes de um mundo melhor. Não conseguiu. Murmurou apenas um adeus.

Ouviu vozes lá fora. Espiando pelo buraco da fechadura viu os quatro homens e mais uma mulher. Estavam ao redor de uma grande fogueira na qual assavam um pedaço do Companheiro Porco e da Companheira Cabra. Uma garrafa passava de mão em mão.

Era a cerimônia do *churrasco*, que Birobidjan tanto admirara – um autêntico costume popular, dizia, a ser preservado na nova sociedade. Agora, porém, só lhe dava tristeza e nojo.

Subitamente estalou uma discussão entre os homens. Aparentemente, dois queriam ir embora e dois queriam ficar. A mulher tentava separá-los. Por fim, um deles avançou, cambaleando, e deteve-se à frente da casa.

– Saia daí, desgraçado! – gritava. – Vem para fora, se tu és homem, covarde! Vem brigar como gente! Abre esta porta e sai!

A mulher quis segurá-lo. Ele a empurrou. Ela empunhou uma acha de lenha e bateu-lhe nas costas.

No instante seguinte estavam os quatro em cima da mulher, esmurrando-a, mordendo-a, pisoteando-a. Quando pararam, ela jazia deitada como morta. Eles a levantaram, pegando-a pelos braços e pelas pernas. Apavorado, Birobidjan viu que avançavam com ela em direção à porta.

– É um aríete!

Aríete. Os romanos o usavam para arrombar as portas das cidades que resistiam às suas investidas imperialistas. Aríete!

Uma pancada surda na porta. Logo em seguida outra e depois mais outra. Birobidjan entrincheirou-se atrás do sofá. Com o cano na mão esperava, os dentes cerrados, a testa molhada de suor.

"No pasarán" – murmurava. "No pasarán."

As batidas cessaram.

– Deixa ela aí e vamos embora – disse uma voz.

Fez-se silêncio. Birobidjan aguardou alguns minutos e foi até a porta. Espiou e viu que os homens já iam longe. Seria uma armadilha? Hesitou.

Finalmente, retirou a tranca e abriu a porta. A primeira coisa que viu foi a mulher, caída no terreiro. Um filete de sangue corria-lhe da testa. O Capitão tocou-a com a ponta dos dedos; estava quente. Vivia. Estava muito machucada, mas vivia. O Capitão trouxe água, lavou-lhe o rosto. A mulher mexeu-se e gemeu.

– Vocês me rebentaram a cabeça, seus veados.

Birobidjan arrastou-a para dentro. Deitou-a no sofá; depois estirou-se no chão e adormeceu.

Acordou sobressaltado. Do sofá, a mulher o olhava com curiosidade. Era jovem ainda; tinha feições grosseiras, e um rosto cheio de sardas; mas os olhos eram muito azuis.

– Como é o teu nome? – perguntou o Capitão.

– Santinha... Foi o senhor que me salvou daqueles malvados?

– Não me chama de senhor – disse o Capitão, enfiando as botas.

– Como é que é para chamar?

– Companheiro. Fui eu que te salvei, sim.

– Companheiro?

– É. Companheiro Mayer. Tu moras aqui?

– É. Quer dizer: não aqui na casa. Lá perto da cerca.

– Bom. – O Capitão pôs-se de pé. Tratava-se de mostrar firmeza, ele bem o sabia; afinal, ainda não estava convencido de que ela não fosse inimiga. – Como é mesmo o teu nome?

– Santinha.

– Não gosto. É um nome reacionário. Vou te chamar de Rosa de Luxemburgo.

– Rosa de quê? – ela fez uma careta.

– De Luxemburgo. Nunca ouviste falar nela? Fundou a Liga dos Espartaquistas.

– Não sei de nada disto – disse a mulher, desconfiada. – Eu não sou daqui, vim de Santa Catarina. Agora, se o senhor...

– Companheiro.

– Sim, se o companheiro acha que este nome é bom, a gente não vai brigar por isto, não é? Como é mesmo o nome?

– Rosa de Luxemburgo.

– Não vou me esquecer. – Soltou um gemido. – Ai, que dor de cabeça!

O Capitão abriu a porta.

– Deve ser umas dez horas – disse. – E eu estou com fome.

Arrependeu-se. Deveria ter se mostrado forte, imune à fome.

– Não há nada para comer aí na casa? – perguntou ela.

– Nada.

Ela pensou um instante. Depois deu uma risadinha.

– Estou com o dinheiro deles. Vou até a venda e compro café, leite, pão, uma porção de coisas boas. Vamos comer bem. E vai ser um castigo para aqueles ordinários.

Levantou-se. Olhando-a afastar-se, o Capitão pensou que uma nova era começava em Nova Birobidjan. Teria de estabelecer uma nova colônia – no território ao redor da casa, já que o antigo local se mostrara inseguro. O Capitão foi caminhando e assinalando o lugar das plantações, da futura usina, do Palácio da Cultura e também – Birobidjan suspirou – do Mausoléu dos Heróis, onde ficariam os crânios do Companheiro Porco e da Companheira Cabra. Onde estaria a Companheira Galinha? O Capitão franziu a testa. Na certa tinha aderido aos inimigos.

Rosa de Luxemburgo o ajudaria. Teria de passar por um período de doutrinação, é claro; o Comitê Político se encarregaria disto. Talvez fosse o caso de fundar a Universidade do Povo de Nova Birobidjan... Ele mesmo daria aulas. Seria uma tarefa a mais, mas evitaria que ela incorresse em desvios (falta de disciplina revolucionária, formação de grupúsculo antipartido etc.). Rosa de Luxemburgo – Companheira Rosa. O Capitão pensou num desenho para seu álbum (felizmente, como o descobriria depois, salvo das chamas): ele avançando ao longo de uma estrada, o rosto iluminado pelos raios do sol; com a mão esquerda segura um fuzil; com a direita faz sinal para que Rosa de Luxemburgo o siga, o que ela faz com um sorriso calmo e confiante.

Deitado na grama, sob o sol quente, Birobidjan traça a sua estratégia. No fim tudo dará certo, de acordo com o determinismo histórico. No futuro, Rosa poderá até fazer parte do Comitê Central, conclui com otimismo.

Como se relacionaria com ela, então? Problema difícil. Diante das massas, é claro, seriam apenas companheiros líderes. Mas, e nos gabinetes? O que aconteceria quando as reuniões se prolongassem? Quando os assuntos políticos e econômicos se esgotassem, ela então falando de sentimentos pessoais? Quando a mão dele – sem querer – roçasse o braço dela? Quando os olhos dela brilhassem?

Rosa de Luxemburgo voltava carregada de embrulhos.

– Está aqui a comida! – gritou, ainda de longe. – Trouxe um monte de coisas boas para nós!

Acocorou-se ao lado e começou a juntar gravetos para fazer fogo.

O Capitão Birobidjan puxou-a para si. Era o amor que se iniciava, o puro sentimento revolucionário.

Enquanto isto, no Bom Fim, fala-se de Mayer Guinzburg, fala-se muito. Ele é o assunto predileto das mulheres que sobem e descem a Felipe Camarão, fazendo compras; e dos homens que se concentram na frente do Serafim nos domingos pela manhã.

Contam histórias terríveis dele. Dizem que anda esfarrapado; que usa uma longa barba; que só come carne de porco. Leib Kirschblum acrescenta que Mayer Guinzburg mora numa espécie de fortaleza; em cima de sua cama há um grande retrato de Stálin, diante do qual Mayer se ajoelha todas as manhãs, gritando: "Stálin, meu chefe, meu deus! Dá-me inspiração! Guia-me em teu caminho! Abraça-me, dá-me teu calor!" e outras coisas assim.

Interpelado, José Goldman defende o amigo. "É coerente com suas ideias" – explica; mas prefere não meter-se em discussões. "Será que ele está louco?" – pergunta à mulher no almoço. "Esquece aquele sujeito" – responde ela – "e come."

Outras mulheres estão indignadas e exigem que os maridos façam alguma coisa:

– Ele está matando a mulher e os filhos!

Leib Kirschblum vai falar com Marc Friedmann, que mora num apartamento na Duque de Caxias, bem longe do Bom Fim. Encontra-o de chambre, conversando com um rapazinho moreno. Leib Kirschblum conta o que está acontecendo na propriedade do Beco do Salso; descreve minuciosamente a degeneração de Mayer Guinzburg; termina solicitando providências. Marc Friedmann ri.

– Aquele Mayer! Sempre tão louco, tão impulsivo... No fundo eu gosto dele.

– Mas está ocupando sua propriedade... – pondera Leib Kirschblum.

– Deixa – responde Marc. – Não me importo. Acho até romântico...

Leib Kirschblum volta ao Bom Fim espumando de raiva. "Falar com veados é nisto que dá!" – comenta com os amigos. Resolve organizar uma comissão para falar com o Mayer. Apelarão aos últimos restos de sentimento judaico: mostrarão o livro de orações do velho Guinzburg, gritarão: "É o espírito de Israel que te pede: volta para casa!" Argumentarão. Ameaçarão. Mayer cederá. Voltará ao Bom Fim nos braços do amigo. Todos admirarão a argúcia de Leib. Será muito bom, já que ele pensa em se candidatar à presidência do Círculo.

A visita da Comissão foi ilustrada pelo Capitão em seu álbum: *O exército de um homem só*. O *primeiro desenho* mostra um grupo de homens chegando a Nova Birobidjan: estão elegantemente vestidos, fumam grandes charutos, usam alfinetes de pérola nas gravatas. Nota-se em seu olhar: *desprezo, nojo, zombaria*; mas também um certo *temor*.

No *segundo desenho* surge Birobidjan. Está de pé sobre a tribuna do povo; o vento agita-lhe os cabelos, a longa barba. Os olhos brilham. O dedo em riste fulmina a burguesia.

No *terceiro desenho* os elegantes batem em retirada. Ao fundo, pequenos operários riem deles: não se deixaram vencer pela chantagem pequeno-burguesa; foram fortes e por isto estão contentes, cantam e dançam. Neste mesmo desenho o dedo vingador de Rosa de Luxemburgo aponta aos indesejáveis visitantes o caminho da saída.

A Comissão regressou ao Bom Fim desencorajada.

– Aquele não tem mais jeito – disse Leib Kirschblum. – Vendeu sua alma para o diabo vermelho.

Outros, porém, comentavam – em voz baixa – que Mayer Guinzburg não estava se arranjando tão mal assim.

– Até uma empregada ele arranjou; e não é feia...

Com isto é que José Goldman se indignava.

– Uma empregada! Aderiu à burguesia!

Leib Kirschblum foi à loja dar a notícia a Leia. Ela ouviu sem dizer nada, dobrando camisas sobre o balcão. Leia era prima da mulher de Leib Kirschblum; ele se sentia responsável:

– Vou organizar uma coleta para te ajudar... Dele não se pode esperar nada. Os vermelhos não têm sentimentos.

Leia dobrava camisas em silêncio.

O Capitão riu muito, depois da visita da Comissão; na verdade, tinha motivos para estar satisfeito. Rosa de Luxemburgo era uma ativa proletária. Limpou toda a casa; improvisou uma cama com lona e feno seco; fez um fogão com pedras e uma velha grade. Derrubou um eucalipto, liberou-o de toda a ramagem e erigiu-o em mastro para quando Birobidjan terminasse a bandeira de Nova Birobidjan. Preparou a plantação de milho e marcou o lugar para a futura usina.

E não fazia só serviço interno. De madrugada já estava batendo estrada; ia fazer biscates ou pedir esmolas. Nunca voltava de mãos vazias. O Capitão não passava fome, tinha até roupas novas – a túnica usada de um sargento da Brigada.

Birobidjan também trabalhava, mas já não tinha o mesmo ímpeto de antes. Roçava um pouco de mato e ia se deitar, ou então ficava horas no Mausoléu dos Heróis, limpando os crânios do Companheiro Porco e da Companheira Cabra, murmurando impropérios contra a Companheira Galinha. Outras vezes cantava – nem sempre hinos revolucionários; preferia agora velhas canções em iídiche.

A voz de Nova Birobidjan estava atrasada vários números; o Primeiro de Maio passou sem um comício sequer; e o Comitê Central já não se reunia há muito tempo. Diante de Rosa de Luxemburgo, porém, ele procurava aparentar o antigo vigor ideológico. Dizia que a ligação deles não deveria afetar as relações de produção; que era preciso não descuidar das colheitas; que o inimigo rondava...

– Que inimigo? – interrompia ela. – Aqueles vadios? Me largaram aqui e foram embora. Eles são meio ciganos.

Mas o Capitão insistia na tecla da ameaça externa. Acordava-a à noite, dizendo ouvir ruídos; escondido dela, traçava, a carvão, símbolos estranhos nas paredes externas da casa; dizia que a região era habitada por índios e contava histórias de massacres. Mantinha-a em constante sobressalto, organizava até manobras militares. Rosa rastejava pelos charcos, trepava em árvores, cavava trincheiras; aprendeu a fazer armadilhas simples, onde pegava pássaros do mato; matava-os, depenava-os e comia-os crus, por ordem do Capitão. "Se fizeres fogo" – explicava – "a fumaça pode atrair os inimigos."

Proclamou-se Generalíssimo. Rosa reformou a velha túnica, acrescentando galões compatíveis com a dignidade do cargo. Depois disto as manobras ficaram ainda mais duras.

No entanto, Rosa tinha pequenos surtos de rebeldia. Uma vez o Capitão a encontrou na despensa, devorando toda a reserva de alimentos. Quando a repreendeu, lembrando que estavam em economia de guerra, ela respondeu, com a boca cheia de pão:

– Mas eu estou com fome! Faz dias que não como direito!

Ele virou-lhe as costas. Sentado no sofá, ouvia-a resmungar: “Este judeu pão-duro quer me matar de fome. Guerra! Acabou a guerra! Eu quero comer...”.

Birobidjan saiu de casa e meteu-se no mato. Aquela noite dormiu no local de seu antigo acampamento.

Rosa de Luxemburgo foi procurá-lo, chorosa, pediu-lhe perdão. Ele não podia transigir; voltou para casa, mas naquela noite submeteu-a a julgamento no Tribunal do Povo. Acusou-a de maneira veemente; deu-lhe oportunidade de se defender, mas ela não quis. Foi condenada. A sentença seria o fuzilamento; transformada – por adaptação às condições locais – em apedrejamento.

De pé, no terreiro diante da casa, Rosa esperava tremendo. Birobidjan estava munido de pedaços de tijolo; chegou a fazer pontaria; mas então lembrou-se que a lapidação era um antigo castigo bíblico e desistiu.

– Não vou regredir séculos – pensou.

Esta fraqueza foi, talvez, um erro. Ela voltou a relaxar a disciplina. Trabalhava muito, como sempre, mas tornava-se cada vez mais insolente. Birobidjan não via isto com bons olhos.

Um dia, quando o Capitão acordou – às nove da manhã – viu com surpresa que Rosa ainda estava dormindo. Sacudiu-a violentamente.

– Hoje não vou sair – resmungou ela.

– Por quê?

– É domingo. Não vou mais trabalhar aos domingos.

– Por quê? – Birobidjan estava assombrado.

– Sou católica. Vou passar o domingo rezando.

– Muito bem – zombou o Capitão. – Assim tu vais para o céu. Mas nós vamos morrer de fome.

Ela levantou-se, furiosa.

– Não debocha da minha religião, judeu!

– Quem te disse que eu sou judeu? – berrou o Capitão, levantando-se também.

Ela riu.

– Pensa que eu não vi o teu troço cortado?

– E daí? – disse Birobidjan com desprezo. – Isto é uma prática supersticiosa. Foi feita contra minha vontade. Eu, na verdade, sou ateu.

Pôs-se a caminhar de um lado para outro, nervoso; de repente parou e voltou-se para ela:

– Fica decretado que em Nova Birobidjan não há religiões. A religião é o ópio do povo. E não se fala mais neste assunto.

Rosa de Luxemburgo era teimosa. Não trabalhou naquele dia. O Capitão resolveu que era tempo de reforçar sua autoridade; dava mais ordens, mandando pelo simples prazer de mandar. Obrigou-a a comer depois dele e deixava sempre pouca comida. Finalmente exigiu que o tratasse de senhor.

– Por quê? – disse ela, com os olhos cheios de lágrimas. – Nós não dormimos juntos? Como é que eu vou te chamar de senhor?

Birobidjan teve pena dela.

– Está bem. Então me trata por... – Parou um instante para refletir. Que título se daria? Chefe? Diretor? Ocorreu-lhe uma ideia: – Me trata por Capitão. Capitão Birobidjan.

– Capitão! Isto mesmo! – ela ria e batia palmas. – Que bonito! Capitão! Meu Capitãozinho!

Pulava e cantava:

"Bão, balalão,
Senhor Capitão
espada na cinta,
ginete na mão!"

Birobidjan ria também. Ela caiu no chão, ofegante.

– Por que Capitão? – perguntou.

– É que... – ele hesitou. – Eu já fui Capitão; não sabias?

– Não sabia – disse ela admirada. – Não sei nada de ti. Tu não me contas. Não sei de onde tu vieste, se és brasileiro... Sempre achei que fosses louco.

– Cale a boca! – ele se irritava. – Fui Capitão, já te disse. Fui e sou. Capitão Birobidjan. Birobidjan, porque é o nome deste lugar. Aqui começará uma nova sociedade.

– Um clube? – ela arregalou os olhos.

Birobidjan riu. No instante seguinte estava sobre ela, beijando-a com fúria.

"Galopei naquela noite
pelo melhor dos caminhos..."*

Foi a última vez que teve verdadeiro prazer. Daí por diante servia-se dela por rotina – como um fazendeiro, pensava, com as chinocas. Cavalgava sua égua mansa e pelas trilhas do tédio. E às vezes a chamava pelo antigo nome:

---

* Estes versos são de Lorca. Federico García Lorca; nasceu em 1899, na Espanha. Foi uma das figuras mais célebres de sua geração. Morreu em 1936, fuzilado.

– Santinha, vem cá!

Um dia pegou o álbum de desenho e saiu para o campo. Pensava em afastar-se e, à sombra de uma árvore, recomeçar *O exército de um homem só*. Mas, o que desenharia? O retrato de um homem de olhar selvagem, de longa barba grisalha, de túnica esfarrapada? O que era isto? Um chefe pirata? Um milionário excêntrico? Um rabino doido?

Atirou longe o lápis. Os homenzinhos o contemplavam em silêncio.

De súbito o Capitão percebeu o que estava acontecendo. Não era nada de novo: a exploração de uma classe por outra, a destruição de todos os valores pela opressão brutal. E quem era o opressor? Ele, Birobidjan. E quem era a classe oprimida? Santinha, Rosa de Luxemburgo. Birobidjan pôs-se de pé: encontrara um caminho.

– Ela tem de se rebelar! Não é possível que isto continue! A hora é de luta! E luta sangrenta, se for o caso! De pé, companheira! Nada tens a perder, a não ser os teus grilhões!

Os homenzinhos aplaudiram.

– Liberta-te, Rosa! – repetiu, e depois, mais baixo: – Liberta-me... Só tu podes.

Correu para Nova Birobidjan. Chegou em casa, ofegante, entrou pela porta dos fundos:

– Rosa! Rosa!

Encontrou-a no quarto, com uma trouxa na mão.

– Onde é que vais, Rosa? – perguntou, surpreso.

– Meu nome é Santinha – disse ela, numa voz incolor. – E vou-me embora.

– Mas por quê? – Birobidjan agarrou-a pelos braços. – Por quê, Rosa?

– Santinha. Porque... Bom, acho que vou arranjar um emprego numa fábrica. É melhor... Capitão.

– Numa fábrica? Numa fábrica eles vão te explorar! – gritou Birobidjan. – Vais te entregar de mãos e pés à burguesia?

– É... – Ela estava embaraçada: – Eles vieram me buscar.

– Quem?

– Os quatro. Todos os quatro.

Birobidjan abriu a janela. Ali estavam eles, no terreiro, junto ao mastro onde um dia a bandeira seria colocada. Divertiam-se arremessando as facas no tronco seco do eucalipto.

– Até logo, Capitão – disse Rosa, saindo.

Da janela Birobidjan viu-os afastar-se. Hortênsio ainda lhe gritou, apontando para o mastro:

– Se quiser se consolar tem uma garrafa aí perto deste pau. É caninha da boa, companheiro!

O Capitão fechou a janela e atirou-se na cama. Chorava; chorava como seu avô depois do *pogrom* de Kischinev: gritando e batendo no peito com o punho cerrado; chorava por Nova Birobidjan, por Rosa de Luxemburgo que voltava à escravidão; chorava por milhões de operários espalhados pelo mundo, gente pálida e magra, de grandes olhos secos de tanto chorar. Chorava por si mesmo, pelo pobre e triste Capitão Birobidjan, que um dia sonhara com um mundo melhor. Chorou muito.

Aos poucos foi se acalmando. Levantou-se, foi até a porta. Olhou as plantações, o Palácio da Cultura (ainda vazio), o lugar da futura usina, o Mausoléu dos Heróis. Não! Não deixaria que Nova Birobidjan se terminasse! Não entregaria a colônia às forças da reação! Lançaria um novo plano quinquenal. Trabalharia dia e noite, se fosse preciso – e sozinho.

– Há muitas guerras, companheiros – bradou – algumas a gente luta sozinho! – Os homenzinhos aplaudiram. O Capitão marchou até o mastro cantando "El Ejército del Ebro". Fez subir no mastro a bandeira de Nova Birobidjan – não, a de Nova Birobidjan. A mudança do nome seria simbólica da nova era. Terminada a cerimônia o Capitão disse com voz rouca:

– Iniciamos agora a construção de uma nova sociedade.

Foi então que viu a garrafa. O Capitão não era dado a vícios; admitia o xadrez, palavras cruzadas e um vinho de vez em quando; mas não tomava cachaça, que considerava um ópio para o povo. No entanto, achou que precisava de um gole antes de começar a execução do plano quinquenal. Depois, pensou, tudo se resolverá. O feijão brotará, o milho crescerá, o Palácio da Cultura funcionará, *A voz de Nova Birobidjan* doutrinará, a usina começará.

O Capitão logo ficou embriagado. Andava em círculos em torno ao mastro, desafiando seus inimigos:

– Vocês, aí! Os quatro vagabundos! Venham para cá brigar, se são homens! Alô! Alemães, alô alemães, alô Cavalheiros Teutônicos! Venham aqui enfrentar o Alexandre Nevsky, o príncipe proletário! Marc Friedmann, seu veado! Faz autocrítica, senão te enfio este mastro no rabo! Leib Kirschblum, burguês pobre! Se pensas que vais me levar de volta, estás enganado! Freud, palhaço, judeu renegado, vendedor de sofás... de divãs! E o dono da pedreira? Onde é que está? Vem tu também, sem-vergonha! Pai, a Guemara é mentira, pai!

Ia destruindo o que encontrava: o mastro, o telheiro do Palácio da Cultura, o Mausoléu dos Heróis. Chutou para longe os crânios do Companheiro Porco e da Companheira Cabra. Entrou em casa, desmanchou a cama e o fogão.

Tornou a sair. De repente, uma visão fantástica: a Companheira Galinha ciscava calmamente no terreiro. Mas estava enorme, como a Galinha de Charles Chaplin. O Capitão hesitou; depois, soltando o grito de guerra "No pasarán" avançou contra ela. Ela se esquivava; Birobidjan a perseguia, pensando que cada coxa deveria dar uma tonelada de carne:

– Não foge, Companheira Galinha! Cumpre teu dever, traidora! Te sacrifica pela nova sociedade! Ou preferes o Tribunal do Povo? Vem cá!

Tropeçou e rolou pelo chão. A Companheira Galinha sumiu.

Quando acordou, era de madrugada. A cerração invadira tudo; o Capitão não enxergava a casa, nem o mato, nem a trilha, nada. Era como um mar. Neste mar ele flutuava imóvel, meio afogado. Tentou em vão se erguer; não conseguindo, acabou adormecendo de novo.

O sol o reanimou. Levantou-se e pôs-se a caminhar, com dificuldade. Chegou à estrada. Pediu carona a um carroceiro silencioso, subiu na carroça e acomodou-se entre os sacos de verduras.

– Posso pegar uma cenoura? – perguntou. O homem acenou afirmativamente.

– Mas olha que não tenho dinheiro...

– Não faz mal – respondeu o carroceiro. – Come.

Chegavam ao Bom Fim. Birobidjan desceu em frente ao Serafim. As pessoas olhavam aquela figura suja e rasgada e cochichavam.

Birobidjan foi até a loja. Hesitou um segundo e depois entrou.

No balcão, Leia dobrava camisas.

– Leia...

Sem uma palavra ela fechou a porta, afastando os curiosos. Ele passou pela cortina que separava a loja da casa. Ela o seguiu.

As crianças estavam almoçando. Ao ver o pai, Jorge começou a chorar; mas Raquel ria e batia palmas. Leia mandou os dois para o pátio. Depois avançou para ele.

Mayer Guinzburg recuou precipitadamente. Leia o perseguiu por toda a casa. Na *cozinha* bateu-lhe com a *vassoura* e uma *colher de pau*; no *quarto*, usou o *travesseiro;* no *banheiro*, conseguiu agarrá-lo e tentou enfiar-lhe a cabeça no *vaso*; na *sala de jantar*, atirou-lhe *pratos, bibelôs, quadros*, um *candelabro* e um *samovar*. Finalmente Mayer Guinzburg caiu de joelhos e pediu perdão. As crianças entraram, chorando. Leia o abraçou; se abraçaram todos. Os vizinhos tinham arrombado a porta e entravam também; se abraçavam todos, alguns rindo e chorando, outros só chorando. Leib Kirschblum, José Goldman, Avram Guinzburg, e até os choferes da praça! Cumprimentavam Mayer e Leia como se fossem recém-casados. Depois foram se retirando.

Leia pôs a mesa. Mayer Guinzburg sentou-se e olhou a mesa cheia de boa e farta comida iídiche; a sopa como ele gostava, *Rneidalech*...

Pegou a colher, soltou-a. Queria falar; queria contar sobre Nova Birobidjan, sobre os Companheiros Animais, o Palácio da Cultura, as plantações; sobre Nova Birobidjan...

– Come – disse Leia.

1944, 1945, 1946, 1947, 1948

Durante alguns anos – conta Avram Guinzburg, irmão de Mayer – ele estava acomodado. Trabalhava na loja, trabalhava muito para dar conforto à sua família. É verdade que não ganhava muito... Mas isto não é crime. Tornou-se um bom pai, bom esposo. É pena que nosso pai e nossa mãe não puderam ver esta transformação. Morreram logo depois do fim da guerra... De desgosto, acho eu, ao saber que o resto de nossa família, na Europa, tinha sido liquidado num campo de concentração. Mayer também sentiu muito... Sentiu muito, isto eu garanto. Tinha mudado, como eu disse. De dia trabalhava; à noite sentava com sua família, tomava chá e comia o *strudel* que Leia fazia especialmente para ele. Comia bem. Jogávamos cartas... Ele não queria aprender, depois aprendeu e jogava bem.

Seus sobrinhos também se reconciliaram com ele. Muitos anos depois, quando souberam do livro sobre o tio, se admiraram.

– Um livro sobre o meu tio? – disse o Professor de História. – Não sei... É verdade que há uma certa correlação entre a vida dele e a história, o que lhe dá alguma transcendência; mas nem sempre as duas coisas seguiram a mesma direção.

– O livro é bom – disse a bibliotecária. – Mas deviam ter falado comigo. Houve muitas consultas a livros e as citações bibliográficas estão absolutamente incorretas, além de haver omissões. Por que não mencionaram a "Encyclopaedia Britannica"? Estou segura de que grande parte dos dados proveio daí.

1944, 1945, 1946... Anos. A guerra terminou. Mayer trabalhava na loja. Vistos do balcão, os dias eram sempre iguais; na sala de jantar as noites eram sempre iguais: chá, *strudel*, jogo de cartas, conversas amenas. O tempo fluía para o grande mar onde Mayer Guinzburg flutuava imóvel, meio afogado – como o pirata português de *O livro dos piratas*, de Antônio Barata. Português fugiu de Campeche, onde fora aprisionado pelos espanhóis. Depois de percorrer a pé cento e quarenta milhas chegou a Golfo Triste, onde encontrou uma comunidade de piratas; foi bem recebido, ganhou um barco e fez-se ao largo. O barco de Mayer Guinzburg era o balcão. Jamais se faria ao largo.

Em 1948, ele teve momentos de emoção, com a proclamação do Estado de Israel. Lá as colônias coletivas se multiplicavam – iniciavam ali a construção de uma nova sociedade. Arrebatado, Mayer Guinzburg pensava em dezenas de mastros, de Palácios da Cultura, de locais para futuras usinas. Seu olhar ficava distante, distraía-se na loja, e Leia tinha de chamar-lhe a atenção.

Leia trabalhava na loja, trabalhava muito. Dizia aos fregueses: "Aqui tinha até ratos e baratas. Me deu muito trabalho. Mas valeu a pena". "Isto mesmo" – respondiam os fregueses, olhando para Mayer, não sem certa censura.

A verdade, porém, é que a loja não ia muito bem. Não podia competir com os grandes magazines; e Mayer o sentia. Sua renda diminuía mês a mês. Os filhos reclamavam. Jorge queria uma bicicleta, como seus amigos.

– Compra livros – respondia Mayer Guinzburg. – Do Jorge Amado, por exemplo.

– Livros, livros! Tu só falas em livros! Para que eu quero livros? Para ficar abobado como tu e fugir para o mato?

Mayer ficava desgostoso com a revolta do filho. Estava convencido que o menino sofria de uma doença dos nervos. Tinha lido qualquer coisa a respeito; falavam de um tratamento recomendado pelo Dr. Freud, que usava um divã em vez de remédios.

Raquel era uma menina sonhadora. Ficava horas no fundo do pátio, conversando com a boneca. Na mesa, Leia ralhava com ela: "Come, Raquel!"; Mayer, porém, adorava a filha. "Vai sofrer muito" – pensava. Queria dar a ela presentes, muitos presentes: vestidos, novas bonecas, uma caixinha de música. Então notou que não ganhava o suficiente. Leib Kirschblum tinha automóvel; Avram comprara uma casa e até José Goldman, pelo que diziam, estava bem de vida. Só ele continuava pobre. Leia não fazia questão de joias, ou vestidos; o pior, para ela, era não poder levar as crianças na praia.

– O mar é a fonte de toda a vida – suspirava.

Muitos anos antes, as primeiras formas de vida tinham se arrastado, penosamente, do mar para a terra, levando dentro de si um pouco do líquido primevo. Dolorosamente acostumaram-se à aridez; mas conservavam a nostalgia do oceano na salinidade de seus líquidos orgânicos, em sua secreta ânsia pelo suave balanço das ondas. Consolavam-se em contadas ocasiões: no líquido amniótico do útero, ou mais tarde quando sentiam na boca o gosto salino das lágrimas.

Voltar ao mar era pois uma aspiração constante, e todos os anos a população do Bom Fim tomava o caminho da praia para ir realizar suas abluções em Capão da Canoa.

A família de Mayer Guinzburg tinha de se contentar com as praias do Guaíba. Chapinhavam melancolicamente na água barrenta e quente como urina, enquanto seus vizinhos gozavam do contato estimulante do Atlântico. Leia não dizia nada, mas acrescentava este fato à conta dos débitos contra o marido. Um dia poderia dizer, como o Profeta Daniel: "Foste pesado na balança e achado muito leve".

Como adivinhando este pensamento, ele disse um dia:

– Acho que está na hora de mudar de negócio, Leia. Estamos ganhando pouco. Tu vês, nem sequer posso levar vocês à praia.

Ela o olhou com atenção.

– Também acho – disse ela, com suspeita na voz.

Mayer riu.

– Tu vais ver do que sou capaz.

Naquela mesma noite procurou Leib Kirschblum.

– Tenho um negócio para te propor, Leib...

Ficaram conversando até tarde da noite. Quando ele voltou, Leia já estava dormindo.

– "Maykir" nasceu – murmurou ele, tirando os sapatos.

Leia sentou-se na cama.

– O que é que tu já estás inventando, Mayer? É outra ideia maluca para incomodar a gente?

– Sossega, Leia – disse ele. – É para nós que eu vou trabalhar. Para ti, para nossos filhos, vais ver. Me dá... quatro anos. Só isto. Quatro anos.

1952

1952 FOI O ANO de Maykir, a firma de construções de Mayer Guinzburg e Leib Kirschblum. O ramo imobiliário se expandia rapidamente em Porto Alegre; no Bom Fim os edifícios se multiplicavam. Maykir os construía em grandes séries. A série "Profetas Maiores" (Edifício lsaías, Edifício Esequiel, Edifício Jeremias etc.) era composta de prédios de oito apartamentos com fachada de granitina amarela; na série "Profetas Menores" (Edifício Zacarias, Edifício Obadiá etc.), os prédios também eram de granitina amarela, mas tinham seis apartamentos. Na série "Dez Mandamentos", os prédios eram de seis apartamentos, mas a fachada era de granitina rosa. A grande placa da Maykir estava em toda a parte: na Felipe Camarão, Henrique Dias, Fernandes Vieira, Augusto Pestana, Jacinto Gomes.

Maykir funcionava na Fernandes Vieira, num velho casarão adaptado. Os corredores fervilhavam de gente; engenheiros, mestres de obra, corretores, pintores, pedreiros, eletricistas, esquadrieiros, marceneiros, escaioladores, parqueteiros, instaladores. No andar de cima ficavam os escritórios de Mayer e Leib, sempre cheios de pessoas suarentas e de olhos arregalados, falando aos berros. Os telefones tocavam sem cessar e os guris de recado corriam por toda a parte como ratos.

Maykir. Maykir construía, incorporava, alugava, vendia; Maykir era uma máquina gigantesca, que funcionava rangendo, estalando, gemendo – porém funcionava, e de maneira eficiente. O planejamento quadrienal de Mayer Guinzburg estava dando certo. Ele pensara em todos os detalhes. "O segredo é o homem" – dizia, e esta frase era repetida com respeito e admiração em todo o Bom Fim: nas lojas de móveis e de confecções, nas sinagogas, no Serafim, no Círculo.

Mayer Guinzburg negociou a compra da antiga propriedade de Marc Friedmann, no Beco do Salso. Foi uma rumorosa transação; murmurava-se que Marc Friedmann não queria vender; Mayer Guinzburg teria usado, como instrumento de pressão, as relações de Marc com um funcionário da firma, um rapazinho moreno e simpático.

Finalmente Maykir entrou na posse do sítio e Mayer fez ali um clube para seus funcionários. Havia coisas espetaculares: um gigantesco mastro de concreto, no qual era hasteada, todas as segundas-feiras, a bandeira com o símbolo de Maykir: um M entrelaçado com uma régua de cálculo, uma colher de pedreiro, e a silhueta de uma betoneira. Para fazer subir o pavilhão era escolhido o funcionário mais destacado da semana. Durante a cerimônia, o Coral dos Funcionários entoava o Hino de Maykir:

"Maykir, Maykir, Maykir
Contigo haveremos de subir!"

Mayer Guinzburg fez construir no local uma piscina e um grande pavilhão que servia como salão de festas e ginásio de esportes. Ali, todas as quintas-feiras, Mayer fazia palestras sobre o mercado imobiliário. Quanto à casa, conservou-a como estava. Pretendia mais tarde transformá-la numa espécie de museu da Maykir, exibindo as primeiras ferramentas usadas pelos operários, plantas antigas, desenhos do próprio Mayer. Ele era também o patrono de *A voz de Maykir*, que aparecia todas as terças-feiras – um esplêndido jornal, profusamente ilustrado. O editorial era escrito pelo próprio Mayer; concitava os pedreiros a assentar mais tijolos, os corretores a vender mais e as datilógrafas a cometer menos erros. Seguia-se um comentário sobre a situação da firma. Anunciava-se um aumento espantoso de vendas – um pouco exagerado, Mayer admitia, mas de bom efeito psicológico. Vinha depois uma transcrição do *Manual dos funcionários da Maykir* e notícias sobre as construções: "O Edifício Daniel já está na terceira laje! Começa esta semana o Edifício Guemara!". Havia uma seção social: "Dizem que está havendo um caso entre certo engenheiro e certa datilógrafa...". Mayer era um pai para seus empregados, era o que todos diziam. Assinava, sob pseudônimo, a coluna "Consultório Sentimental da Maykir". E ainda achava tempo para preparar charadas para a página de variedades:

"Documento assinado pelo proprietário e o inquilino... Oito letras". Às quartas-feiras jogava volibol com um grupo de funcionários; as vagas de seu time eram disputadas acirradamente.

Leib Kirschblum achava tudo isto um desperdício. "Faz parte do plano quadrienal", explicava Mayer.

1952. Mayer Guinzburg morava agora num grande apartamento na zona nova da Ramiro Barcelos. Levantava-se cedo; fazendo a barba, murmurava os trechos finais de suas conferências: "...os engenheiros planejarão, os mestres fiscalizarão, os operários trabalharão, os edifícios surgirão, os corretores venderão!". De pé sobre a grande pia de mármore, os homenzinhos observavam em silêncio. Em seu banheiro, Leia também se aprontava; não trabalhava mais, mas guardava o hábito de levantar-se cedo. O chofer vinha buscá-la às oito horas; às oito e quinze ela já estava no centro, fazendo campanhas de caridade. Em seu banheiro, Jorge assobiava, fazendo a barba; estava no cursinho pré-vestibular para a Faculdade de Economia. O banheiro de Raquel estava vazio; ela ainda dormia profundamente, abraçada à boneca. Mayer Guinzburg preocupava-se muito com a menina, com os longos silêncios dela, com a mania de ler até tarde, com os choros sem motivo. Mayer Guinzburg olhava-se ao espelho; era agora um homem enérgico e bem-vestido. Mayer Guinzburg, 1952.

1952. Na União Soviética, médicos judeus são acusados de organizar um complô contra a vida de Stálin. Na Tchecoslováquia, Rudolf Slansky, até 1950 Secretário-Geral do

Partido Comunista Tcheco e até 1951 Vice-Primeiro-Ministro, é levado a julgamento sob acusações de "atividades trotskistas-titoístas-sionistas, a serviço do imperialismo americano"; em dezembro de 1952, Slansky e outros sete réus judeus são considerados culpados e executados. 1952. Mayer Guinzburg agora odiava a Rússia, aquela megera gigantesca e cruel. Quando pensava nas lágrimas que derramara por Stalingrado, na devoção com que ouvira "Alexandre Nevsky", chegava a corar de vergonha. Ver o nome da Rússia no jornal chegava a lhe dar azia. A Rússia era mentirosa, cínica, covarde e traiçoeira. Se era noite, a Rússia era capaz de dizer que era dia. Não se podia dar as costas para a Rússia, se não se queria receber uma facada nas costelas. A Rússia venderia os próprios filhos. Isto era a Rússia em 1952.

1952. Com vigor redobrado Mayer Guinzburg lançava-se à construção de edifícios. Terminava de fazer a barba e corria para a Rua Ferreira de Abreu. Ali, num terreno baldio, numerosas pessoas – engenheiros, mestres de obra, corretores e até jornalistas – já o esperavam. A bandeira de Maykir subia em um mastro improvisado, enquanto Mayer Guinzburg anunciava com voz comovida:

– Iniciamos neste momento a construção de uma nova série de edifícios – os "Reis de Israel"!

Os homens aplaudiam com entusiasmo, enquanto de um alto-falante jorravam as notas do Hino de Maykir:

"Maykir, Maykir, Maykir
Para ti haveremos de sorrir!"

1952.

1956

NOVOS ANOS SURGIRAM: 1953, 1954, 1955 e até 1956. Cada ano era saudado em Maykir, com o espocar das rolhas de champanha. Novos materiais de construção apareciam; automóveis mais potentes estavam agora à disposição de Mayer Guinzburg. Em 1955, ele não esteve bem; sentia qualquer dorzinha no peito. Consultou o Dr. Finkelstein, que lhe recomendou trabalhar menos. Passou um fim de semana em Capão da Canoa e sentiu-se melhor; mas na segunda-feira de manhã entrou no escritório com dor de cabeça. Pediu a Leib Kirschblum que atendesse os corretores, entrou em sua sala e fechou a porta. Tomou uma aspirina, recostou-se na confortável cadeira giratória e decidiu ficar imóvel até que a dor passasse – embora tivesse muita coisa a fazer. Em seguida, porém, o interfone zumbiu. A recepcionista anunciava que o Sr. José Goldman queria falar com ele. Mayer Guinzburg suspirou. Via José Goldman muito pouco, agora; e não fazia questão de encontrá-lo mais seguido. Tinham sido com panheiros, é certo; mas depois seus caminhos se haviam separado. Mayer Guinzburg quisera construir uma nova sociedade... E de certo modo ainda queria... Mas em faixa própria, por sua livre iniciativa. José Goldman, não; tinha ligações, murmurava-se; ligações perigosas; Mayer imaginava o motivo da visita: José Goldman queria vender-lhe livros, ou uma ação entre amigos, e Mayer não estava disposto a deixar seu nome figurar em nenhuma relação, em nenhuma caderneta de notas. Ia dizer que não estava – mas José Goldman já vinha entrando.

– A recepcionista achou que eu podia entrar...

Como estamos velhos – pensou Mayer ao ver diante de si o homenzinho magro e de cabelos brancos. Dominou sua irritação e convidou-o a sentar. Falaram sobre coisas banais; e foi só quando José Goldman abordou a conjuntura mundial que Mayer notou nos olhos dele o mesmo brilho de há trinta anos. Porque José Goldman transfigurou-se; não falava só para Mayer Guinzburg; discursava para uma grande multidão, perorava sem cessar e só parava – parecia – quando o público invisível o aplaudia.

– Não – declarava José Goldman –, não acredito no que diz a respeito de Stálin. Tudo isto não passa de difamação social-democrata, pequeno-burguesa... (Aplausos). – Sim – prosseguia José Goldman – é evidente que o Estado de Israel é a ponta de lança do imperialismo no Oriente Médio... (Aplausos). – Sim – concluía –, creio que ainda há condições de se construir uma sociedade justa...

Aplausos, aplausos. Mayer Guinzburg perguntou-lhe o que desejava. José Goldman interrompeu-se, corou.

– Me desculpa – disse Mayer, um pouco embaraçado –, mas é que tenho muito o que fazer.

– Eu sei – disse José Goldman. E depois, com um risinho: – Estás te analisando, Mayer?

– Por quê? – perguntou Mayer, surpreso.

– Porque os analistas é que vão direto ao assunto. Eu estive num, eu sei... Mas enfim, vamos ao assunto. Tempo é dinheiro, não é Mayer? Eu nunca aceitei isto, este domínio do dinheiro. Dizem que sou neurótico. Minha mulher me obrigou a ir ao psiquiatra. Não é que eu acredite nisto, não. Pavlov é contra estas besteiras. Pavlov fez experiências...

Começou nova arenga. Mayer tornou a interrompê-lo. José Goldman suspirou. Disse então que estava atravessando uma fase difícil, que não tinha estômago para viver na sociedade burguesa, que a podridão...

– E o que queres? – perguntou Mayer, impaciente. – Dinheiro?

José Goldman encarou-o ofendido.

– Mas por quem estás me tomando, Mayer? Por um mendigo, por um *schnorer*?* Fica sabendo...

– É um emprego, então?

– É. Mas não para mim. Eu trabalho, vendo livros, como sabes. Aliás, talvez te interesse alguma coisa – para teus filhos, quem sabe. Tenho boa literatura...

– Mas para quem é o emprego, então? – Mayer percebeu que já estava gritando. Acalmou-se a custo. – Para quem é?

– Para a minha filha, a Geórgia... Conheces? Ela se dá com tua filha... Não conheces?

Mayer não se lembrava.

– Ela está estudando Ciências Sociais – prosseguiu José Goldman. – Eu acho bobagem; em vez de *estudar a* sociedade, ela deveria *transformar* a sociedade. Foi o que eu disse; mas ela não me ouve. Não tem respeito pelo pai. Enfim... Ela tem de pagar a faculdade, e eu prometi que lhe arranjaria um emprego.

Mayer refletiu um instante. Há tempos estava pretendendo contratar uma secretária; Leib Kirschblum não aprovaria, mas Mayer estava convencido de que com uma secretária seu cargo de diretor cresceria em importância. Disse a José Goldman que mandasse a moça vir à tarde. Ela veio.

Geórgia. Recebera este nome em homenagem à terra natal de Stálin. Era um pouco mais velha do que Raquel;

* Pedinte.

tinha grandes olhos azuis, era sardenta, usava os cabelos cortados curtos e sorria sempre. Mayer já tinha colhido informações. "Falam muito dela" – advertia Leib. "Eu sei escolher minha equipe" – respondeu Mayer. Leib calava-se. Não aprovava estas palavras modernas. Equipe! Sem-vergonhice, isto sim.

Mayer conversou com Geórgia e resolveu admiti-la. Os corretores ficaram encantados; os engenheiros, os desenhistas, os mestres de obra, todos ficaram encantados.

No domingo Mayer encontrou Geórgia no Clube da Maykir. Ela estava deitada numa toalha, à beira da piscina. Mayer olhava as belas pernas, o ventre que arfava suavemente ao sol, os olhos fechados. Na segunda-feira, enquanto fazia a barba, Mayer contemplava seu próprio rosto. "Sou um homem enérgico" – pensa. "Um macho". Sabe o que acontecerá: um dia haverá mais trabalho a fazer; pedirá a Geórgia que fique depois do expediente; ele estará ditando cartas; andará de um lado para outro; de repente se deterá atrás dela, se inclinará para beijar a nuca lisa... O grande sofá de couro marrom será o lugar onde se amarão; o telefone tocará, mas não atenderão; o estômago dela roncará, eles rirão. Ela ficará deitada, fumando, e Mayer estará cansado, mas satisfeito. Verá, com o rabo dos olhos, os homenzinhos de pé sobre a grande mesa de Jacarandá. Esperarão de Mayer uma frase, uma palavra pelo menos. "Começamos agora..." – murmurará Mayer e se deterá. Os homenzinhos aplaudirão discretamente.

1956 foi um ano de grande atividade em Maykir. Mayer Guinzburg sempre tinha trabalho para Geórgia, depois do expediente. Quando Leib Kirschblum descia a Fernandes Vieira, à noite, e via as luzes da sala de Mayer acesas, sacudia a cabeça. Os corretores murmuravam, os engenheiros murmuravam; os mestres de obra, os pedreiros e os esquadrieiros murmuravam. Os desenhistas murmuravam e desenhavam; um desenho de Geórgia batendo à máquina – sentada no colo de Mayer – apareceu no mastro do Clube, à guisa de bandeira. Outras charges faziam parte de um álbum chamado *As aventuras do Capitão Birobidjan*, que circulava clandestinamente entre os funcionários da Maykir. Este álbum, ainda conservado, tem uma bela encadernação; o *primeiro desenho* mostra Mayer Guinzburg admitindo Geórgia como funcionária: "Tire a roupa", diz a legenda. No *segundo desenho* Mayer mostra a ascensão de seus negócios num gráfico de linha ascendente; usa o próprio pênis – gigantesco – como ponteiro. Uma Geórgia embevecida o contempla. Legenda: "Como subir na vida sem fazer força". O *terceiro desenho* mostra Geórgia segurando nos braços várias miniaturas de edifícios; agora está vestida e senta sobre o peito de Mayer, que geme sob o peso. Legenda: "A segurança de Maykir repousa em bases sólidas".

As datilógrafas murmuravam, os inquilinos murmuravam. Mayer Guinzburg era o assunto predileto das mulheres que subiam e desciam a Felipe Camarão, a caminho do Mercado. "Está matando a mulher e os filhos!" – diziam, indignadas. Exigiam providências dos maridos. A mulher de Leib Kirschblum intimou-o a falar com o sócio. Ele se encheu de coragem e entrou na sala de Mayer: "Não tenho nada a ver com isto, mas...". Geórgia entrava. Leib Kirschblum calou-se e não tornou a falar no assunto.

Geórgia estava cada vez mais insolente. Tratava Mayer por "tu" na frente de todo o mundo; quando ele a repreendia, respondia ironicamente: "Está certo, Capitão Birobidjan", "Suas ordens serão cumpridas, Capitão Birobidjan". Mayer continha-se a custo. Parecia-lhe que o sofá de couro marrom ficava cada vez mais estreito para dois. "Sai" – murmurava ele, ofegante. "Sai tu" – respondia ela. – "Quem é o homem? Quem é o cavalheiro?" Mayer não respondia. Uma noite Geórgia disse, acendendo o cigarro:

– Estive falando com a Raquel ontem no Clube. Acho que ela não vai se opor...

– Não vai se opor a quê? – perguntou Mayer, alarmado.

– À tua separação. Estive pensando nisto e acho que a tua mulher...

Mayer não a deixou terminar.

– Mas tu estás te metendo com a minha família? – berrou, pondo-se de pé no sofá. – Tu? Uma aranha venenosa, uma galinha traiçoeira? Tu, uma empregada, uma escrava? Rua daqui!

Geórgia saiu chorando. Mayer suspirou; deixou-se cair sobre o sofá. Ficou muito tempo sentado. Depois levantou-se e foi para casa.

No dia seguinte Geórgia pediu-lhe perdão e se reconciliaram; mas Mayer já sabia que não seria por muito tempo. Era um homem enérgico. Geórgia cometera um erro em querer dominá-lo, e pagaria por isto.

1956. O final do ano foi cheio de tensões. Os compromissos de Maykir se avolumavam; nos jornais anunciavam como iminente uma guerra entre Israel e seus vizinhos. Mayer evitava Geórgia. No escritório tratava-a com frieza. Ela já não ficava depois do expediente, apesar do excesso de trabalho. Finalmente Geórgia conseguiu marcar um encontro com ele; realizou-se na tarde de 30 de outubro de 1956, numa casa de cômodos da Praia de Belas. Geórgia chegou primeiro; Mayer Guinzburg veio muito depois e entrou gritando.

– Por que estás sentada perto da janela? Queres que todo o mundo te veja?

Geórgia tentou abraçá-lo. Ele a repeliu. Estava nervoso – disse – com o ataque lançado por Israel contra o Egito.

– Ontem à noite, sem qualquer aviso, tropas de Israel entraram no Sinai!

– Mas houve antecedentes, Mayer – disse ela, surpresa. – Em 23 de setembro ocorreu um ataque dos jordanianos aos componentes de uma convenção arqueológica que estava inspecionando as escavações de Ramat Rachel. Uma rajada de metralhadora partiu de repente de um posto da Legião Árabe, matando três pessoas e ferindo dezoito.*

– Mas os jordanianos disseram que o ataque foi efetuado por um soldado da Legião Árabe acometido de um acesso de loucura!

– Porém naquele mesmo dia os jordanianos mataram mais dois israelenses – um lavrador em Maoz Chaim e uma mulher perto de Jerusalém. Na fronteira com o Egito cinco viajantes foram assassinados na estrada de Sdom para Beersheva. Elementos de infiltração invadiram um laranjal perto de Even Yehuduh; mataram dois trabalhadores e cortaram suas orelhas.

– E no dia seguinte – berrou Mayer – as forças israelenses destruíram um posto policial jordaniano em Kalkilya. É o cúmulo! Em pleno território da Jordânia!

Tremia de raiva. Geórgia empalideceu.

– Quero te lembrar, Mayer, que na segunda quinzena de outubro os egípcios reiniciaram sua agressão ao sul. Unidades de *fedain* colocaram minas em território

* "Estas palavras, e todas as outras deste diálogo, foram extraídas de declarações textuais de Ben Gurion, Bulganin e outros estadistas envolvidos nos acontecimentos da época" – disse a sobrinha de Mayer, a professora de História. "E as fontes de informação nem são mencionadas" – acrescenta a bibliotecária. "É a isto que me refiro quando falo na falta de orientação bibliográfica."

israelense e três soldados de Israel morreram quando o veículo em que iam fez detonar uma delas.

Ele calou-se. Contemplou aquele rosto, os grandes olhos, os lábios que tremiam um pouco. Sentiu vontade de abraçá-la, de recomeçar tudo. Reagiu a tempo.

– Não há lugar na História para este tipo de sentimentalismos! Além disto Israel mobilizou suas reservas e deslocou o máximo de tropas para a fronteira.

Ela enxugou os olhos e respirou fundo. Esforçava-se por encará-lo sem demonstrar fraqueza.

– Isto nada mais foi do que uma resposta. Diante do estabelecimento de um comando unificado do Egito, da Síria e da Jordânia e da penetração de bandos egípcios em Israel, o governo israelense estaria faltando ao mais elementar dever se não tomasse todas as medidas possíveis para frustrar a expressa decisão dos governantes árabes de suprimir Israel pela força...

Mayer deu um salto...

– Não foi nada disto! O governo de Israel preparou um ataque traiçoeiro a seus vizinhos, em obediência à determinação estrangeira. Israel estava mancomunado com a Inglaterra e a França – duas potências imperialistas – para invadir o Egito. Israel é uma terra pérfida – tão pérfida quanto tu. O que queres é o meu dinheiro...

– Para! – ela não se continha mais. Soluçava. Aos poucos foi se acalmando.

Sentado junto à janela, Mayer a observava em silêncio. Ela se aproximou.

– Por que fazes isto comigo, Mayer? Eu não te dei momentos de prazer? Eu não...

– São meus – cortou Mayer. – Isto é meu. São minhas recordações. Tu não tens mais nada a ver com isto.

– Está bem, Mayer – murmurou ela. – Eu não quero te tirar nada. Eu só queria...

Ajoelhou-se ao lado dele.

– Por que a gente não vai embora, Mayer? Vamos para um lugar bem longe construir nossa vida. Vai ser como Nova Birobidjan – te lembras o que me contaste?

– Tu riste de mim – disse Mayer, sombrio.

– Eu não compreendia. Agora sei o que querias dizer – que a gente deve renegar esta vida... estéril. Esta vida estéril. Vamos, Mayer! Nova Birobidjan, Mayer! Hein? Eu serei tua companheira – a Companheira Geórgia. Vamos construir tudo de novo, juntos. O mastro, o Palácio da Cultura, vamos marcar o lugar da futura usina... E tu serás o Presidente do Comitê Político, o diretor da Universidade do Povo, o Generalíssimo, tudo. E eu te obedecerei. Tu me farás palestras, eu te ouvirei e farei perguntas interessantes. E lerei *A voz de Nova Birobidjan* – o editorial me estimulará, o comentário me advertirá, o noticiário me informará, a charada me distrairá, a piada me alegrará... Trabalharei na lavoura, aumentarei a produção...

– Para com esta cantilena – disse Mayer enfadado. – Pareces um rabino.

Sim, pensava; vou com ela. Um dia ela me deixa e fico sozinho, dormindo no casarão, com os crânios do Companheiro Porco e da Companheira Cabra. Sim, um dia ela se vai, com a Companheira Galinha. Quanto a ele, ficaria perambulando de um lado para outro, tropeçando nos restos calcinados do Palácio da Cultura. Sentaria numa pedra e ficaria pensando no que poderia ter sido e não fora. E aguentaria? Ficar sozinho – aguentaria? – Não. Começaria a falar sozinho. Das oito às nove faria um discurso saudando Stálin – pai do socialismo, luz da humanidade. Das nove às dez atacaria Stálin – assassino, déspota frio e insensível. Os homenzinhos nunca saberiam quando aplaudir. Loucura, loucura.

– É tempo perdido, Geórgia. É melhor tu ires.

Ela se levantou. Sorriu.

– Tempo perdido? Eu posso perder tempo. Sou jovem. Ainda tenho muitos homens pela frente.

– És muito espertinha – disse Mayer, irritado. – Fica sabendo que tenho mais experiência debaixo da unha do dedo mínimo que tu em todo o teu corpo.

– Não é um corpo feio, hein, Mayer? – zombou ela. – Ainda vai dar prazer a muita gente...

– Será? – Mayer se aproximou dela. – Será? Quem te garante que não vais ser atropelada ali na esquina? Ou quem te garante que um tarado não vai te estrangular ainda esta noite?

Colocou os dedos no pescoço dela. Geórgia se desvencilhou.

– Deixa de ser idiota, velho. Sabes muito bem que eu não vou morrer. Tu, sim, é que já estás podre. Ficavas bufando e largado como um trapo velho depois de... E com dor no peito. Volta e meia tinhas dor no peito.

– Está bom. Então eu vou morrer. Graças a Deus. Eu...

– Deus? – ela riu. – Desde quando acreditas em Deus?

Isto Mayer não sabia; mas não era de muito tempo, não. A crença fora se insinuando nele devagarinho. Agora lia frequentemente a Torá, a Mishná, a Guemara. Salmodiava suas orações como seu pai o fizera – balançando o corpo para diante e para trás.

– Quem sabe morrer não é a grande jogada? Eu vivi bem, Geórgia. À minha maneira, é claro. E tu? Nem sequer conseguiste realizar o sonho de toda guriazinha judia

– casar. Agora vais ter de andar sozinha por aí. E será que vais encontrar outro Mayer Guinzburg? Outro velho idiota como eu?

– Até logo, Capitão – disse ela, e saiu. Mayer Guinzburg ainda ficou sentado algum tempo. Depois pegou o chapéu e saiu também.

Dirigiu o carro lentamente até o Parque da Redenção. Desceu, caminhou pelas aleias ensaibradas. Passou pelo viveiro dos pássaros, pela jaula dos macacos. Pensou em alugar um barco e remar um pouco, mas o guichê já estava fechado.

Anoitecia. Mayer jantou numa pequena churrascaria. Comeu muito: filé, galeto, lombinho, xixo, polenta, salada de batata, vinho. Quando quis entrar no carro verificou que tinha perdido a chave. Voltou a pé, caminhando devagar e arrotando.

Perto de sua casa um vulto saiu da sombra e avançou para ele. Era José Goldman.

– Capitão! Capitão Birobidjan, seu sujo!

Mayer Guinzburg parou. O outro agarrou-o pelo casaco.

– O que fizeste com a minha filha, porco?

– Um momento, Goldman... – começou Mayer.

– Vai lá ver como ela está! Bêbada! Uma menina que nunca pôs uma gota de álcool na boca! Embebedaste a coitada, cachorro!

– Eu, Goldman? – Mayer recuou.

– Tu, sim! Ela só diz o teu nome! Telefona para tua casa a toda hora!

– Mas Goldman...

– É a tática, não é? Mistificar, enganar, corromper, para continuar dominando!

– Mas nós estávamos só conversando... Falávamos sobre Israel...

– Mentira! – José Goldman estava cada vez mais furioso. – Israel! Eu te dou Israel! A terra prometida, não é? O *Kibutz*, Ben Gurion, não é? Eu te mostro, safado!

Largou o casaco de Mayer e puxou uma faca.

– Goldman! – gritou Mayer, assustado. – Isto é coisa que um judeu faça? Puxar a faca para um amigo?

– Eu te mostro!

Mayer saiu correndo. José Goldman perseguiu-o um pouco, tropeçou e caiu. Mayer chegou ao edifício ofegante. Tentou enfiar a chave na fechadura mas não conseguiu; tremia demais. Parecia-lhe ouvir os passos de José Goldman atrás de si. "Me ajuda, meu Deus, me ajuda, é só agora, depois nunca mais, só agora..." Finalmente conseguiu entrar. Irrompeu no apartamento, deixou-se cair no grande sofá, arquejante. Aos poucos foi se acalmando; e uma sensação de bem-estar e até de euforia se apossou dele. "Escapei! Desta estou livre! Escapei do pai e da filha!" De repente teve uma ideia engraçada: entraria na cozinha, tiraria todas as coisas boas da geladeira, arrumaria uma mesa farta e comeria até mais não poder. Pôs-se de pé num salto.

– Nada como a comida para alegrar a gente!

Havia luz na cozinha. Mayer abriu a porta. Leia estava lá, sentada. A mesa estava vazia.

– Telefonaram para ti – disse ela. – Telefonaram várias vezes. Te deixaram recados.

– Leia... – começou.

A mulher se levantou e avançou contra ele. Mayer fugiu. Ela o perseguiu por todo o apartamento.

Na *cozinha* atirou-lhe a *batedeira* e o *liquidificador*; no *living*, bateu-lhe com a *antena da televisão*; no *banheiro*, tentou afogá-lo na *pia de mármore*; no *hall*, atirou-lhe *quadros*, *estatuetas* e até um velho *samovar*. O filho tentava a custo separá-los; Raquel chorava a um canto. Leia tirou a aliança e tentava enfiá-la na boca do marido.

– Come, sem-vergonha! Come, ordinário! Come!

1957

Separado da mulher, Mayer Guinzburg viveu por algum tempo num hotel. Queria um apartamento, mas a Maykir não tinha nenhum disponível. Por fim ele teve uma ideia: mandou que aprontassem um apartamento do edifício Rei David, ainda em construção, e mudou-se para lá. Leib Kirschblum não ousou contrariá-lo. "Assim ele controla a obra", dizia aos amigos, em tom de desculpa. Leib Kirschblum também se encarregou de acalmar José Goldman, que dizia possuir documentos políticos assinados por Mayer Guinzburg (um exemplar de *A voz de Nova Birobidjan*). "Posso comprometê-lo" – afirmava José Goldman. "Tu? Mas te arriscas mais do que o Mayer" – ponderava Leib Kirschblum. "Não me importo" – dizia José Goldman. – "Quero vê-lo na cadeia, mesmo que seja junto comigo". A custo Leib Kirschblum conseguiu demovê-lo.

Mayer Guinzburg mobiliou precariamente o seu apartamento. A princípio, ficava pouco tempo ali; saía bem cedo, tomava café no Serafim e ia para o escritório. Almoçava e jantava numa churrascaria. Voltava para casa só à noite; detestava caminhar pelos corredores desertos.

O Rei David era enorme. Os corredores ainda estavam cheios de material de construção; o reboco não fora colocado; e uma parte dos andaimes não fora retirada. Mayer entrava no apartamento, tomava um tranquilizante e deitava-se. Acordava no meio da noite ouvindo sons estranhos. O vento soprava pelas aberturas; a estrutura toda rangia, estalava, gemia. Pela madrugada adormecia um sono inquieto, logo interrompido por surdas explosões de dinamite: no terreno ao lado os operários faziam escavações para o Rei Salomão, outro edifício da série "Reis de Israel". Os vidros do apartamento de Mayer, recém-colocados, estavam quase todos partidos, mas ele não se importava.

Aos poucos vai se acostumando à nova vida. Começa a gostar do lugar. Surpreende-se fazendo planos para transformar o edifício: o *playground* dará lugar a uma plantação de milho e feijão; o andar de cima será transformado em Palácio da Cultura. Na frente do edifício ficará um mastro gigantesco, onde ele hasteará a bandeira de Nova Birobidjan. Para este empreendimento já conta com companheiros: um rato, que vive no depósito de material; uma aranha de patas finas e delicadas, que tem sua teia no quarto andar; e um curioso inseto, misto de mosca e barata, que voeja às vezes em torno à lâmpada. Deste Mayer não gosta muito; não sabe por quê, mas não gosta. Faz autocrítica, mas não consegue gostar.

O Rei David adquirira uma nova dimensão para ele. Já não sentia necessidade de sair correndo de manhã; pelo contrário, preferia preparar suas refeições no próprio apartamento, onde às vezes passava todo o dia. Leib Kirschblum inquietava-se; os negócios não iam bem, ele precisava da ajuda do sócio. Ia todos os dias ao Rei David, suplicava a Mayer que fosse ao escritório. Mayer acedia de má vontade.

Fechava-se em sua sala e ficava muito tempo sozinho, sem falar com ninguém. Uma tarde recebeu um telefonema alarmado. Pediam que viesse com urgência ao Rei David. O edifício acabara de desabar.

Mayer Guinzburg foi até lá. De óculos escuros, sem descer do carro, observou o montão de tijolos e ferros retorcidos. Num vergalhão ainda estava preso, como uma bandeira, um pedaço de seu lençol.

Voltou para o escritório e entrou correndo na sala de Leib Kirschblum:

– Idiota! Estúpido!

– Que foi? – gemeu Leib Kirschblum, assustado.

– Que foi? Vai lá ver o Rei David! Desabou! Eu podia ter morrido!

Andava de um lado para outro.

– Eu bem que previa. Foi por causa do Rei Salomão! As explosões abalaram a Rei David. Eu estava vendo. Os vidros quebrados, as rachas...

– Mas por que não avisaste? – gemeu o sócio. – Era só tu que ias ao Rei David. Proibiste até os operários de entrar lá...

– Sabes muito bem – gritou Mayer – que não me meto em tuas obras!

– *Minhas* obras? – agora era Leib Kirschblum quem gritava. – Mas se o Rei David e o Rei Salomão eram *tuas* obras! Disseste que ias dirigir pessoalmente a construção porque o engenheiro – que aliás é teu sobrinho – é um incompetente!

– Mentira – murmurou Mayer, incrédulo.

Leib Kirschblum abriu uma gaveta.

– Está aqui! Ordens de compra de material, autorização de serviço, folhas de pagamento – tudo assinado por ti! Toma!

Atirou-lhe os papéis à cara. Mayer bateu em retirada. Leib Kirschblum perseguiu-o por toda a Maykir. Na *sala dos desenhistas* bateu-lhe com um *esquadro* e uma *régua*; na *contabilidade* atirou-lhe uma *máquina de calcular*; e na *recepção* tentou estrangulá-lo com o *fio do telefone*. Separaram-nos a custo.

Alguns meses depois Maykir foi à falência.

1958, 1959, 1960, 1966

Mayer Guinzburg alugou um pequeno apartamento e durante algum tempo lançou-se à tarefa de conseguir um emprego. Achava que isto não seria difícil, com o seu tino empresarial. Mas foi justamente o contrário. Ninguém queria admiti-lo. "Lamento, Mayer..." – diziam alguns. Outros tinham frases ríspidas. "Tu falaste mal de Israel" – disse um sionista. "Eu? Mas se até construí edifícios com nomes de reis e profetas..." "Sim, reis e profetas" retrucou o outro. – "Coisas antigas. Hoje em dia é diferente, não é? Hoje em dia Israel não presta, não é? Pensa que não sei que falaste mal de Israel para aquela sem-vergonha, a filha do José Goldman?" Outros lhe diziam francamente: "Tu és louco, Mayer. Tens de ir para o hospício".

Por fim ele se resignou a receber o dinheiro que o filho, economista e dono de um supermercado, lhe oferecia. A princípio uma esmola, mas quando as dívidas começaram a se acumular, voltou atrás. Discutia muito com Jorge; o rapaz admirava os americanos:

– Aquilo que é povo! Empreendedor, organizado!

– Querem dominar o mundo – resmungou Mayer.

– E o que é que tem? – Jorge ria.

– Que é que tem? – Mayer ficava furioso. – E tu vais te deixar dominar?

– O que é que tem?

Deixava um envelope com o dinheiro e se ia. O que é que tem, mesmo? – perguntava Mayer. O que me importa, afinal de contas? Americanos? Quem são eles? Russos, ingleses... Acho que nunca vi um inglês. Ou será que vi?

De cima da cômoda os homenzinhos o contemplavam em silêncio.

Um dia Mayer examinou-os de perto.

Eram muito pequenos; não teriam mais de dez centímetros de altura. Embora sempre os visse como "homenzinhos", notava que havia também pequenas mulheres. O número era muito menor do que ele pensava: uma dúzia, no máximo. Um deles, de grandes bigodes, se parecia a Stálin. Alguns eram velhos. Nas carinhas ele podia ver ruguinhas; as calvinhas brilhavam à luz fraca das lâmpadas. Algumas mãozinhas tremiam um pouco e às vezes se ouvia uma tossezinha seca. Olhavam para ele em silenciosa expectativa. Mayer Guinzburg suspirou e saiu.

Passeava muito pela cidade. Ia até o Bom Fim, agora totalmente mudado. Os edifícios que ele tinha construído, os Reis e Profetas, desapareciam ao lado dos modernos prédios com porteiro eletrônico. No centro da cidade via os velhos sentados na Praça da Alfândega, uns conversando, outros quietos. "Estou pronto para ficar velho" – pensava. "Só me falta cachecol, cachimbo, chinelos forrados, uma próstata grande..." Voltava deprimido ao apartamento. Tentava inutilmente pensar em plantações, Palácio da Cultura, mastro com bandeira; mas as aranhas que apareciam no apartamento eram aranhas, os insetos, insetos.

Caíam na sopa que Mayer preparava com dificuldade, causando-lhe nojo e desgosto. Quando caiu o primeiro botão de sua braguelha, pregou outro no lugar; quando caiu o segundo, tentou repô-lo, mas suas mãos tremiam muito e ele desistiu. "Seria bom comprar umas calças com fecho relâmpago" – pensou. Mas, conseguiria abri-lo depois? Com seus dedos trêmulos? E se o fecho emperrasse justamente na hora em que estivesse ansioso para urinar? Mais três botões caíram; ele não se importou. Jorge repreendia-o: "Olha só o jeito que tu andas". Trouxe-lhe calças novas; eram de fecho relâmpago, e Mayer deu-as a um mendigo que costumava lhe pedir esmolas.

– Como vai Leia? E Raquel? – perguntou ao filho. Leia ia bem; nunca o visitava. Raquel viera uma vez e pusera-se a chorar. Mayer pedira a Jorge que não a trouxesse mais.

No começo do ano de 1966 Mayer tem um sonho. Está indo por uma rua deserta. É noite e Mayer vai apressado, porque sabe que José Goldman não anda longe. De súbito um automóvel preto para junto à calçada. Dois homens descem, empurram-no para dentro e o carro parte. Mayer Guinzburg, aterrorizado, percebe que seus captores usam máscaras pretas; logo enfiam-lhe um capuz na cabeça e ele não enxerga mais nada. "Sobe a Protásio Alves" – diz alguém ao chofer. Ah, pensa Mayer. Então vamos para Petrópolis? Para Três Figueiras? Ou – quem sabe – para o Beco do Salso? Tenta puxar conversa; faz perguntas, mas ninguém lhe responde.

O carro se detém, Mayer é forçado a descer. Caminha algum tempo por uma trilha entre árvores e arbustos. Finge tropeçar e agarra no chão um objeto, com esperança de que possa servir mais tarde para identificar o lugar. Empurram-no para dentro de uma casa; obrigam-no a sentar no chão; e finalmente tiram-lhe o capuz. Mesmo no escuro, reconhece o lugar: a casa da antiga propriedade de Marc Friedmann.

– Mayer! Mayer Guinzburg! – grita da escuridão uma voz. – Vamos pedir um resgate por ti. Precisamos de dinheiro: estamos iniciando a construção de uma nova sociedade.

O terror de Mayer desaparece, dando lugar a um comovido entusiasmo. Querem construir uma nova sociedade! Então são amigos! Não o reconheceram, mas são amigos!

– Estou com vocês! – grita. – Eu também estou iniciando a construção de uma nova sociedade!

Riem dele. O explorador! O sujo capitalista! Uma nova sociedade? Só se for uma sociedade anônima! Mayer Guinzburg cala-se, desconcertado.

– Vamos pedir um resgate – diz uma voz. – Dez mil.

– Dez mil contos? – quer saber Mayer.

– Dólares.

Moeda forte, pensa Mayer. Sabem o que querem. Vai ser difícil negociar.

– Não vão conseguir – afirma.

– Não? E a tua família?

– Minha família! – Mayer ri. – Não querem saber de mim. Caem os botões da minha calça e ninguém costura.

– E Leib Kirschblum?

– Ele?... – Mayer tem uma espécie de bloqueio, não se lembra bem das coisas. Leib Kirschblum... Ainda é seu sócio? Os edifícios não desmoronaram? Resolve tentar uma barganha.

– Leib Kirschblum não vai dar nada. Ele... estava rompido comigo. Vamos ganhar tempo. Posso dar um cheque...

– Cheque? – diz o homem, cujo rosto Mayer não consegue ver bem. – E quem vai descontar o teu cheque?

Ri.

– Podem descontar – afirma Mayer. – Eu garanto. No fundo, vocês sabem que estou com vocês.

Mayer ouve cochichos. Finalmente o seu captor volta.

– Quanto?

– Dois mil – diz Mayer.

– Dólares?

– Contos. Estou passando por uma fase ruim.

– Três mil.

– Não dá...

Acabam concordando em dois e meio. Mayer preenche o cheque, e se levanta.

– Vais ficar aqui – diz a voz. – Até que se desconte o cheque.

– Mas é de noite – diz Mayer. – Está escuro, os bancos estão fechados.

– Então o cheque é falso! – grita a voz.

– Mas o que é isto? – balbucia Mayer. – Que lógica é esta? Se está escuro o cheque é falso?

Mãos agarram-no com brutalidade, revistam-lhe os bolsos.

– Olha aqui!

Mayer vê, à luz de uma lanterna, o objeto que tinha apanhado no caminho. É o crânio de uma ave. Os olhos de Mayer Guinzburg se enchem de lágrimas: agora sabe o que aconteceu à Companheira Galinha. "Fui injusto" – murmura.

– Isto nós sabemos – grita a voz. – Que tu foste injusto, isto nós sabemos!

De repente estão todos em Capão da Canoa, na praia. Homens que ele nunca viu levantam-no com brutalidade e atiram-no ao mar.

E neste mar ele fica flutuando, meio afogado, ouvindo sons longínquos: as explosões do Rei Salomão?

Acorda com batidas na porta. É Jorge. Mayer Guinzburg estranha vê-lo tão cedo. Conversam um pouco. De repente Jorge olha ao redor e diz:

– Estás mal instalado aqui, papai.

– Eu? – Mayer está surpreendido. – Por que dizes isto?

– Está tudo sujo... Tem bichos por toda a parte... E olha a tua roupa, toda rasgada. Este apartamento não te serve. Tenho uma coisa melhor para ti.

Começa a falar de pensão que recebe pessoas sós. É de uma senhora muito boa, que cozinha bem; e o lugar é bonito, agradável.

– Sabes onde é? – diz Jorge sorrindo. – No Beco do Salso. É o antigo Clube da Maykir. Leib Kirschblum vendeu-o para esta senhora, ela fez reformas...

As palavras chegam a Mayer Guinzburg como vindo de muito longe. É como se eu estivesse no fundo do mar, pensa. Jorge fala, fala e Mayer acena com a cabeça, concordando.

Quando soube que se pretendia escrever um livro sobre Mayer Guinzburg, sua sobrinha socióloga disse: "Creio que se devem deixar de lado aspectos oníricos e dar maior ênfase ao enfoque sociológico. A mobilidade social e a pobreza oculta poderiam ser melhor analisadas".

1967-1969

Tendo adquirido o antigo Clube da Maykir, Dona Sofia (que vinha a ser prima de Leib Kirschblum) fez lá uma série de modificações. Mandou desmontar e vender o antigo pavilhão; e usou a casa para servir de pensão, dividindo-a de modo a criar vários quartos novos. Algumas coisas foram conservadas: o mastro foi transformado em poste de iluminação; e o velho sofá, depois de estofado com plástico marrom, foi colocado na sala de estar.

Ali ficavam os pensionistas: Octávio Rodrigues, antigo comerciante de cereais, apelido "Português"; idade, 78 anos; um judeu egípcio, chamado David Benveniste, de 81 anos; e uma senhora de Dom Pedrito, chamada Ana Souza. Eram poucos, Dona Sofia concordava; mas – dissera a Jorge – quando a casa fosse mais conhecida, receberia novos pensionistas. O certo, porém, é que depois da entrada de Ana, que fora a última, nenhum candidato aparecera no ano e meio que precedeu a entrada de Mayer Guinzburg.

Dona Sofia mostrou-lhe o quarto, muito simples: cama, duas cadeiras, uma cômoda.

– Temos só um banheiro – explicou ela. – De modo que é necessária toda a cooperação... O senhor compreende.

– Compreendo – murmurou Mayer.

– Mas são todas pessoas muito finas – continuou Dona Sofia. – O Octávio, muito simpático, grande conversador. O David Benveniste era muito rico, lá no Egito... Um comerciante muito ativo. Perdeu tudo. Veio para o Brasil, enviuvou, ficou morando com a filha; depois ela casou, o apartamento era pequeno...

Inclinou-se para Mayer.

– Ele não regula bem, o senhor não liga... Às vezes ataca os judeus, diz desaforos... Bobagem dele, porque ele é judeu também.

– Sei – disse Mayer.

Sofia Kirschblum. Nascida em 1908, na Rússia, nunca casara. Aos 18 anos pesava 46 quilos; aos sessenta, 90. Era maciça e poderosa, e orgulhava-se de seu tipo empresarial. Sofia Kirschblum.

Nos dois primeiros dias, Mayer Guinzburg não saiu de seu quarto. Alegava não se sentir bem, "devido à mudança de clima". Dona Sofia foi muito solícita, levando-lhe, ela mesma, a comida no quarto.

No terceiro dia, com a barriga inchada, Mayer sente necessidade de ir ao banheiro.

Ao entrar nota que a porta não tem trinco; lembra-se então da clara advertência da proprietária – há um só banheiro, que não deve ser monopolizado. Mayer Guinzburg senta-se. Consciente da limitação do tempo, esforça-se. Sua, chega a gemer. Antes que possa produzir alguma coisa, alguém já está empurrando a porta.

– Tem gente – adverte Mayer, com voz estrangulada.

Quem está do outro lado, porém, não ouve – ou não quer ouvir; quem está do outro lado imagina – ou quer imaginar – que a porta está emperrada. Continua a empurrar. Mayer Guinzburg resiste. "No pasarán!" Segura firme. O adversário desiste. Alguns minutos após, nova carga. Será o mesmo? Será outro? É irrelevante. "Tem gente, tem gente" – repete Mayer sem cessar; olha ao redor, procurando algo que possa servir de trinco. Não encontra. Seu corpo é a barricada; mas sentado e inclinado para a frente, não está em boa posição para segurar a porta. Substitui a mão pelo pé. Este não tem o poder daquela e ele vê, aflito, o sapato recuar à medida que se sucedem os golpes na porta. Neste momento começa a evacuar; enfim! Tudo o que pede ao pé é que não ceda antes que o ventre termine seu trabalho! A obra termina; ou antes, parece que termina, pois Mayer sente que pode dar mais, que não deve ficar com coisas dentro de si. A porta, contudo, já está entreaberta! Mayer faz um derradeiro esforço; geme, fica roxo e pronto, lá vai o último fragmento. Justamente neste instante a porta se abre. "Meu Deus, fazei com que não seja mulher..." Não é; é David Benveniste, que introduz no banheiro seu focinho de rato. "Ah, é o judeu russo... Tomam conta de tudo, estes judeus!" Floresce no rosto de Mayer o sorriso amarelo dos inocentes culpados. Quer se levantar. Não pode; sentou de mau jeito, com as nádegas muito para trás. Benveniste tem de ajudá-lo. Mayer Guinzburg sai, agradecendo e pedindo desculpas. Sente-se aliviado; mas sua satisfação dura pouco. "Pouca vergonha. Nesta idade, ter de lutar para ir ao banheiro; eu, que fui dono disto tudo..."

Vai para a sala de estar, senta-se no sofá e consulta o relógio. Ainda faltam duas horas para o almoço. "Pouca vergonha, não posso comer quando tenho vontade..." Depois de meia hora, levanta-se de novo. Resolveu ir ao banheiro. "Estou com vontade de ir de novo. Não posso? E se estou com diarreia? E mesmo que não esteja com diarreia – se eu quiser ficar sentado no vaso e não no sofá – alguém vai me impedir?" Avança pelo corredor, empurra a porta do banheiro.

– Tem gente! – diz em tom súplice uma voz fraca. É David Benveniste.

Mayer Guinzburg faz que não ouve; continua empurrando. A porta cede, ele sente que o inimigo é fraco e que a cidadela cairá facilmente. Mas então vacila. Afinal, o banheiro é para todos; não será Mayer Guinzburg, o homem que lutou por uma sociedade melhor, quem usará a força para oprimir os outros. Sua mão se afrouxa na maçaneta, ele fica parado no corredor, os braços caídos. A porta se abre; David Benveniste termina de abotoar as calças; o rosto murcho se abre num largo sorriso.

– Ah, é meu patrício! Entre, pode entrar. Ocupe o banheiro à vontade. Nós, judeus, temos de ser gentis uns com os outros.

Sai pelo corredor, murmurando: "Tenho de tomar um purgante, um purgante limpa a gente". Mayer Guinzburg entra, mas sai em seguida. Vai para a sala de estar, onde encontra o egípcio sentado no sofá. Mayer Guinzburg fica de pé, consultando o relógio; falta uma hora e meia para o almoço, falta uma hora, faltam quinze minutos... E pronto, está na hora. Sentam-se todos.

– Hoje temos uma sopa muito boa – diz Dona Sofia, trazendo a travessa.

Ana Souza diz que não gosta de sopa. Está muito boa, muito substanciosa, afirma Dona Sofia, servindo-a.

– Come.

Choramingando, Ana pega a colher.

Depois do almoço Mayer volta ao quarto. Caminha de um lado para outro. De cima da cômoda os homenzinhos o contemplam em silêncio. Seu número diminuiu mais ainda: não passam de meia dúzia, agora.

Cansado, Mayer deita-se e adormece. Tem um sonho: vai caminhando por um longo corredor, no fim do qual há um banheiro. Abre a porta. Lá está David Benveniste, sentado, lendo uma revista.

– Não se pode levar revistas para o banheiro – protesta Mayer.

– Cala a boca, Capitão Birobidjan, e ouve – diz Benveniste, e lê: "Quem pensa que os Quixotes são uma raça extinta está enganado, como o provaram Raquel Guinzburg (solteira, 27 anos, do Rio Grande do Sul) e Colomy Silva (desquitado, 62 anos, também gaúcho). Raquel, filha de um ex-empresário do ramo imobiliário, vivia com Colomy...".

– Mentira! Logo com aquele velho! – Mayer Guinzburg está indignado.

Benveniste, implacável, prossegue a leitura.

Raquel Guinzburg e Colomy liam os livros de Rosa de Luxemburgo, diz o texto. Inspirados por eles, roubaram um avião Gloster Meteor e ameaçaram bombardear o centro de Porto Alegre, se não lhes entregassem o Beco do Salso...

– Mentira! Mentira! – berra Mayer. – Ele era integralista!

"As autoridades concordaram com a exigência", prossegue o egípcio. "Quando o avião ia baixar no aeroporto, empregados rolaram para a pista tonéis de óleo. O avião chocou-se num deles e se incendiou. Colomy morreu. Raquel suicidou-se com um tiro antes de..."

– Mentira! Mentira!

Mayer acorda. Está na hora do café. Ele sai pelo corredor rumo à sala de jantar. No caminho passa pelo banheiro; a porta está fechada; ele a empurra com violência. Lá está David Benveniste; mas não tem revista alguma.

– Que negócio é este, judeu? Fecha a porta!

Depois do café, Mayer Guinzburg e Octávio Rodrigues sentam-se no sofá para conversar um pouco.

– Ouvi falar de um pirata chamado Português – conta Mayer.

Cita trechos do livro de Antônio Barata. Audácia, ferocidade, fanfarronice eram qualidades do Português. Com apenas alguns homens maltrapilhos e malarmados atacou um navio de vinte peças de fogo, ao largo do Cabo Corrientes, em Cuba. Apoderando-se do barco, vestiu uniforme de gala para impressionar as belas passageiras que havia capturado. Mais tarde, entretanto, tentando atacar três navios, foi derrotado, aprisionado e levado para Campeche, onde seria enforcado. Conseguiu matar o carcereiro e evadiu-se da prisão, que ficava num navio. Precisava chegar à costa. "Não era bom nadador" – escreve Antônio Barata – "mas possuía coragem suficiente para arriscar a vida pela liberdade." Esvaziou duas talhas de vinho, amarrou-as ao corpo à guisa de boias e desceu pelo bordo do navio. Era de noite e ninguém percebeu. "Português flutuava imóvel, meio afogado, enquanto as talhas retiniam e carregavam-no lentamente sobre a água" – diz Antônio Barata. Chegou à terra, percorreu cento e quarenta milhas e chegou a uma comunidade de piratas, onde recebeu um novo navio e voltou a Campeche. Ali chegou ao anoitecer; "...a frouxa luz do crepúsculo deixava ver a força da qual pendiam os corpos dos antigos companheiros do Português. Enforcados de grupos de dois ou de três balançavam de um lado para outro, batidos pela brisa da noite". Usando este espetáculo sombrio como estímulo aos seus comandados, Português conduziu-os ao assalto no qual recuperou seu antigo barco. Esta proeza elevou-o às alturas; mas depois perdeu o navio num temporal e nunca mais recobrou seu prestígio, porque segundo Antônio Barata: "A comunidade era capaz de olhar a indiferença ou a imprudência com tolerância e até mesmo admiração, uma vez que viessem uma vitória e um saque promissores. Nunca ninguém tirou proveito, porém, de um furacão destruidor, e aquele que facilitava com o vento era em geral tomado por louco".

Octávio ouve esta antiga história com um sorriso divertido.

– Não – diz –, não acho que este homem tenha sido meu parente... Nem sei se temos sangue de pirata na família.

E se eu assaltei alguém, foi um outro fiscal do imposto de consumo...

Riem, e Português acrescenta:

– Eu também ouvi falar de um certo Capitão Birobidjan...

Mayer Guinzburg fica vermelho.

– O que é que lhe contaram sobre mim? Tudo isto já passou...

– É verdade; tudo passou – murmura Octávio.

Ficam em silêncio. David Benveniste aparece, sentado junto deles.

– Que horas são? – pergunta.

– Nove – responde Mayer.

– Nove horas! Só. Ainda faltam três horas para o almoço! – resmunga Benveniste.

Liga o rádio de pilha. A voz excitada do locutor de notícias invade a sala. É 7 de junho, o terceiro dia da Guerra dos Seis Dias. Os blindados israelenses avançam pelo Sinai. Mayer Guinzburg e Benveniste ouvem com atenção. Terminado o informativo, Benveniste apaga o rádio.

– É – murmura –, parece que a coisa está decidida.

– Parece – diz Mayer, cautelosamente. Sente que vai começar uma discussão.

– Bem feito para o Nasser – Benveniste está irritado. – É por causa dele que estou aqui nesta pensão. Podia estar no meu escritório, no Cairo... Bem feito. Aquele demagogo. Pagou caro.

– No entanto – pondera Mayer – é um homem de grande personalidade. Um verdadeiro líder; Ben Gurion mesmo admite isto. Tentou tirar o seu país do subdesenvolvimento...

– Isto é verdade – reconhece David. – Um grande homem. Podíamos estar bem com ele. Lembro-me que vinha todos os anos à sinagoga na época de Ano-Novo. Uma vez eu mesmo o cumprimentei...

– Mais cedo ou mais tarde – interrompe Mayer – vocês teriam de enfrentá-lo. Afinal de contas era um ditador. Um tipo destes sempre muda de uma hora para outra.

– Pode ser – diz David Benveniste. – Mas o certo é que nós vivemos bem no Egito. Há séculos. Maimônides, por exemplo, foi médico do Sultão Saladino... Estávamos bem, sim. Mas vocês, judeus russos, tinham de inventar o sionismo e Israel. Porque estavam incomodando vocês com antissemitismo e *pogroms*, acharam que deviam nos comprometer. Nós não tínhamos nada a ver com a situação de vocês. Estávamos prosperando...

– Claro – exclama Mayer, irritado. – Enquanto o povo egípcio vivia na maior miséria vocês nadavam em dinheiro!

– É verdade – reconhece Benveniste. – No fundo, éramos estrangeiros. E suportar a inveja daquela gente não era fácil. Mais cedo ou mais tarde teríamos de sair de lá e ir para outro país, para Israel, quem sabe...

– Bem – Mayer agora está conciliador –, no fundo, eles não tinham o direito de expulsar vocês. A exploração de vocês era nada comparada com a de outros... Dos trustes petrolíferos...

– Mas foi justamente por isso – grita Benveniste. – Por associação de ideias! A imagem dos judeus estava ligada a Israel, e Israel sempre esteve ao lado dos Estados Unidos, do imperialismo!

– Um momento – Mayer levanta um dedo – ao lado do imperialismo? Como, ao lado do imperialismo? Uma coisa são os Estados Unidos, outra o imperialismo americano! Israel recebeu o apoio do judaísmo americano – não é justo? Assim como os italianos recebiam ajuda dos ítalo-americanos...

– É certo. Mas como é que os egípcios, semi-ignorantes, iam diferenciar uma coisa da outra? E além disto... Que horas são?

– Dez – diz Octávio*.

– Dez! Só? – geme David Benveniste.** – Ainda faltam duas horas para o almoço!

– Já virá – diz Mayer. É certo; o almoço virá, e passará. Os dias passarão, rios de sopa fluirão, os intestinos se esvaziarão e se encherão; no banheiro brigarão, depois do café conversarão; dormirão e acordarão; talvez adoecerão, talvez morrerão.

Às vezes, à noite, Mayer Guinzburg sairá a caminhar pelas trilhas úmidas de orvalho. Seus sapatos afundarão na terra molhada; de repente ele já não caminhará – flutuará, meio afogado, na névoa espessa que o arrastará lentamente entre troncos de árvores raquíticas. Passarão por ele, boiando, caveiras: a do Companheiro Porco, a da Companheira Cabra; farrapos de papel turbilhonarão a seu redor, e mesmo sem ler ele saberá o que está escrito: "A colheita do milho superará todas as expectativas...". Chegará às ruínas do Palácio da Cultura, ao Mausoléu dos Heróis; e então a sutil corrente o trará de volta e o depositará

* Octávio Rodrigues. Mais tarde contava seu filho, recordando-o: "Os olhos eram buliçosos como dois ratinhos. Tinha um belo bigode. A pele ainda era luzidia – aos 78 anos!".

** David Benveniste. Eis como sua filha o descrevia: "A cara parecia um focinho de rato. Usava um bigode, sempre sujo. Os olhos tinham ainda um brilho lúbrico – num homem de 81 anos! Pouca vergonha!". Tinha problemas emocionais, esta senhora; fez um tratamento com o filho de Octávio Rodrigues, psicólogo, a quem conheceu numa de suas visitas à pensão.

cautelosamente, carinhosamente, à porta da Pensão Sofia. Entrará; enregelado, se meterá na cama; os lençóis o receberão com um abraço frio; com eles Mayer Guinzburg dividirá, sem ressentimento, sem egoísmo, o seu escasso calor. E então poderá adormecer.

1970

Neste ano, o Português tinha poucas histórias novas. A prisão de ventre de David Benveniste aumentava; ele agora batia à porta do banheiro constantemente, ameaçando Mayer com atos de terrorismo:

– Um dia eu boto uma bomba aí dentro, russo!

Ana Souza já não comia sozinha; depois de uma trombose cerebral, perdera o movimento do lado direito. Nenhum pensionista novo fora admitido.

Assoberbada de trabalho, Dona Sofia às vezes pedia ajuda aos pensionistas. David Benveniste se recusava, alegando que não era empregado, que pagava, e que já tinha trabalhado demais na vida. Português ia para a cozinha e fazia um bacalhau razoável, cantando fados. Quanto a Mayer Guinzburg, às vezes lavava os pratos, murmurando: "Pouca vergonha. Um homem como eu...". De pé sobre a pia, os homenzinhos o observavam em silêncio. Uma vez Mayer Guinzburg encheu a pia e foi à despensa buscar sapólio. Quando voltou, viu que três homenzinhos tinham caído n'água e flutuavam imóveis. "Talvez estejam só meio afogados" – pensou Mayer, e correu para lá. Tocou-os com um dedo; estavam bem afogados. Com um suspiro, ele tirou o batoque do ralo. As criaturinhas começaram a girar, levadas pela corrente, a princípio lentamente, depois cada vez mais depressa: veio o redemoinho final e elas foram tragadas pelo ralo; mirradas como estavam, passaram sem dificuldade. Mayer Guinzburg fecha os olhos e imagina a trajetória dos pequeninos cadáveres: descerão com o líquido negro e espesso que flui rumorejando pelo cano do esgoto; chegarão ao vasto Guaíba, onde os minúsculos corpos descerão ao fundo; descarnarão, as caveirinhas brancas aparecerão e os ossos ficarão para sempre enterrados no lodo do estuário.

Mayer Guinzburg não quis mais ajudar na cozinha.

Dona Sofia arranjou uma empregada, uma moradora dos arredores. Mayer Guinzburg teve um choque quando soube que o nome dela era Santinha. Observou-a com atenção enquanto ela serviu a sopa. Tinha alguma coisa de Rosa de Luxemburgo; mas os olhos não eram azuis, eram castanhos; a tez era morena... Mayer não foi para o quarto depois do almoço; ficou sentado na sala de refeições observando Santinha, que limpava a mesa.

– Por que te chamam de Santinha? – perguntou.

– Porque é meu nome, ué! – respondeu ela, espantada. – Santa Terezinha da Silva. Santinha é apelido.

– É o mesmo nome de tua mãe? – Mayer mal podia conter a ansiedade.

A moça o olhou com espanto.

– Claro que não. Então as duas vão ter o mesmo nome? Minha mãe se chamava Aurora.

– E... – Mayer ainda tinha alguma esperança. – E teu pai? Não se chamava Nandinho?

– Nandinho? – ela ria. – Não, ué!

– Então era Hortênsio? Libório? Fuinha?

– Fuinha! – ela dobrava-se de tanto rir. – Mas o senhor tem cada uma, seu Mayer! Fuinha! Claro que não!

Mayer ficou desconcertado, mas acabou rindo também.

– Se meu pai soubesse lhe dava uma surra. O nome dele é Antão, seu Mayer!

Riram mais um pouco.

– Me chama de Mayer – disse ele.

Ela o olhou desconfiada.

– Eu posso lhe chamar de Mayer, mas a Dona Sofia não vai gostar. Ela disse para eu tratar vocês com respeito...

– Então me chama de Capitão. É um título de respeito.

– Capitão! – Ela começou a rir de novo. – Então o senhor é Capitão?

– Fui – disse Mayer. Dona Sofia chegava. Ele levantou-se e foi para o quarto.

Mayer Guinzburg sabe que esta noite não dormirá. Se levantará, caminhará com cuidado pela casa, abrirá a porta, sairá: no quartinho de madeira onde dorme Santinha haverá luz; ele baterá e entrará. “Que foi, Capitão?”, perguntará ela, entre assustada e divertida. Ele dará uma desculpa; que desculpa? Ah, sim – que está com dor nas costas e precisa de uma massagem – e ela, rindo, começará uma suave massagem, que logo se transformará num abraço... Deitado sobre Santinha, Mayer Guinzburg geme de dor e prazer. Cada vez que vai chegar ao orgasmo, uma dor terrível esmaga-lhe o peito. Descansa alguns instantes e volta a tentar.

– O que é que há, Capitão? – pergunta Santinha, assustada.

– Nada, nada. Espera um pouco... Só um pouquinho.

A porta se abre, o vulto enorme de Dona Sofia aparece.

– Toca para fora – diz ela a Mayer, numa voz fria.

Sem uma palavra, ele apanha as roupas e sai.

Depois, em seu quarto, revolta-se: "Quem é ela para me dar ordens? Pouca vergonha!" Não dorme toda a noite.

No dia seguinte, pela manhã, batem à porta de seu quarto. Mayer ainda está deitado; aborrecido, pergunta quem é.

– Sou eu, Sofia... posso entrar?

– Entra.

Ela abre a porta com um sorriso conciliador.

– Queria te pedir desculpas, Mayer... Pelo que aconteceu ontem.

Ele não responde.

– Reconheço que te sentes só...

– É verdade – admite Mayer.

Ela se anima.

– Posso sentar?

Sem esperar resposta, senta-se à beira da cama.

– Estive pensando, Mayer...

Hesita. De súbito, põe-se a falar rapidamente, atropelando as palavras.

– Vou direto ao assunto... Sabes, eu sou uma mulher de iniciativa, não perco tempo com grandes explicações... É o seguinte: tu te sentes sozinho, é por isto que fazes bobagens como aquilo de ontem. Mas eu também me sinto sozinha. Nunca casei... E a gente enjoa de não ter ninguém. Depois, se nós... Se a gente se acertasse... A casa poderia ser ampliada...

– Não, Sofia... – começa Mayer.

– Com um homem é outra coisa – ela continua apressada. – E, Mayer, se quiseres, poderemos ser só companheiros. Isto de sexo... Eu não faço questão; não me interessa, te asseguro. Assim que...

– Não, Sofia – Mayer a interrompe. – É melhor a gente não falar nisto. Não iria dar certo.

– Mas, Mayer...

– Não dá.

Ela se põe de pé.

– Está bem. Então não dá. Eu sei por quê: é o teu negócio com aquela engraçadinha, não é? Vou te dizer uma coisa: não boto ela para rua porque não posso ficar sem empregada. Mas daqui por diante – é guerra! Guerra mesmo! Ouviste? Capitão Birobidjan! Velho maluco!

Os dias que se seguiram viram transformações na Pensão Sofia. A primeira coisa que apareceu foi um quadro mural, afixado no corredor, com dois avisos: um estabelecendo novos horários de refeição, mais rígidos; outro, proibindo a empregada de dirigir-se aos pensionistas, a não ser em questões relacionadas estritamente com o funcionamento da casa.

– Que bicho mordeu Dona Sofia? – perguntou o Português, admirado. "Judia velha das estepes da Rússia" – resmungou Benveniste. Sofia ia passando e ouviu. No mesmo dia apareceu um anúncio lembrando que o banheiro era comum e limitando o tempo de uso a quinze minutos para cada hóspede.

– Não quero saber! – berrou Benveniste. – Eu pago! Fico lá dentro quanto quero!

Dirigiu-se imediatamente para o W.C. e fechou a porta. Dona Sofia mandou que Santinha ficasse batendo na porta até que ele saísse – o que ela fez constrangida, mas entre risinhos. David Benveniste aguentou quinze minutos; depois saiu e se meteu no quarto. Não quis almoçar.

Simultaneamente a comida piorou. Português supunha que Dona Sofia estivesse passando dificuldades; financeira, talvez, ou com a nova empregada. Mas não se atrevia a perguntar. Ofereceu-se a Santinha para ajudar; e estava na cozinha preparando o bacalhau quando Dona Sofia chegou.

– Estou aqui dando uma mãozinha... – explicou Português em tom de desculpa.

Ela não respondeu. No mesmo dia apareceu no quadro um aviso proibindo aos pensionistas a entrada na cozinha.

Mayer andava deprimido. Passava os dias no seu quarto, deitado e olhando para o teto. Tinha dores no peito; deveria consultar o Dr. Finkelstein, bem o sabia; mas, estaria vivo ainda, o velho médico do Bom Fim? De qualquer maneira estava sem dinheiro; Jorge pagava sua conta na pensão, mas não aparecia há muito tempo.

– Vai ver que o teu filho anda ocupado – dizia Português, querendo consolá-lo. – E aqui é longe...

– Longe! O Beco do Salso hoje é um bairro, não é como antigamente...

Às vezes tinha vontade de contar ao amigo sobre Nova Birobidjan, mas não se animava. Como falar a um gentio sobre a angústia judaica? Como falar a um antigo comerciante de cereais sobre Trótski, Isaac Babel e Birobidjan? Como falar a um velho sobre a construção de uma nova sociedade? Melhor calar. Melhor calar e rezar. Mayer Guinzburg entrava em seu quarto, colocava o *talit** e rezava, rezava muito. Sobre a cômoda os homenzinhos o contemplavam em silêncio, Mayer sabia que eles esperavam um discurso: "É preciso liquidar toda a opressão!", mas não podia atendê-los, não tinha forças para isto, preferível rezar.

* Manto religioso.

Então, duas coisas aconteceram.

A primeira foi a visita dos técnicos russos a Porto Alegre. Faziam parte de uma missão qualquer, aparentemente sem muita importância; mas o fato teve grande repercussão porque um grupo de judeus recebeu-os à saída do aeroporto com gritos de "Deixem meu povo sair!". A imprensa noticiou o fato em grandes manchetes e com fotografias. Ao ler o jornal Mayer se emocionou: teve a impressão de que uma das moças fotografadas era Raquel. "É ela, sim! É ela, sim! É a minha filha, a minha Raquel! Está na linha de frente, como o pai! Aquele negócio com o integralista Colomy era tudo sonho!" Ria, ria muito, mostrando o jornal a David Benveniste, que o olhava sem entender. Naquele dia, depois de muitos anos, tomou seu álbum e fez um desenho. Nele, vê-se Raquel diante do Kremlin. Com uma mão faz sinal a um grupo de assustados judeus para que a sigam; com a outra repele os tanques russos. O rosto dela brilha. As mãos, particularmente, são impressionantes – grandes, fortes. Afixou o desenho sobre sua cama, apesar do aviso no quadro: "É proibido colocar desenhos nas paredes".

Depois disto vem o que será mais tarde conhecido como o Dia do Rato. Começa com uma manhã fria e chuvosa. Às dez da manhã Mayer e Português estão sentados no sofá; Ana está no quarto e David Benveniste no banheiro. De repente se ouve na cozinha um estardalhaço infernal: pratos quebrando, móveis tombando. Mayer e Português correm para lá. Encontram Dona Sofia de pé sobre a mesa na cozinha, os grandes artelhos mergulhados na massa que prepara o almoço.

– Façam alguma coisa! – grita, apavorada.

Os dois homens não entendem. Não sabem o que a assusta tanto. Ela então gritará. Seu grito poderoso fará retinir as vidraças; o reboco cairá, a lâmpada se apagará. E à luz cinzenta da manhã Mayer verá, perto do fogão, um rato morto. Se agacharão ao lado do pequeno cadáver, e o examinarão; não encontrarão sinais de violência. "Estranho" – dirão.

– Matei o bicho a grito! – dirá Dona Sofia, orgulhosa.*

Octávio acreditará. "Com esta mulher nada é impossível." "Para Mayer, o rato já estava morto." "Ela se assustou à toa."

Dona Sofia ordenará que Santinha jogue no campo a minúscula carcaça. Por ação do sol e da chuva, e dos vermes, e dos fermentos, o couro apodrecerá, a carne se desprenderá, e a caveirinha branca aparecerá.

Mayer Guinzburg, porém, faz render o ocorrido. Não cessa de comentar a respeito: "Meu amigo" – diz a Octávio –, "se ela tem medo de rato, não pode ser invencível". É astuto, Mayer Guinzburg. Sabe como solapar a autoridade de uma proprietária. Para David Benveniste diz, com ar preocupado: "Esta prisão de ventre está te matando...".

Dá resultado, o trabalho de sapa. A revolta eclode uma semana depois.

O cardápio tinha se tornado invariável: sopa, massa, um pedaço de carne – esta, sempre dura. "À medida que Sofia envelhece" – murmura Octávio – "o bife fica mais duro." Mesmo Mayer Guinzburg, que tem bons dentes, não consegue comer. David Benveniste mastiga, inutilmente, com as gengivas lisas. Ana Souza recusa a comida que Santinha lhe oferece.

---

* A este respeito, diz a Federação Nacional de Vida Silvestre, dos Estados Unidos: "No inverno os animais perdem força e peso. Morrem facilmente por choques. Perturbar seu silêncio, fazê-los correr, é exigir demais de seu sistema vital".

– Ela diz que está muito dura, Dona Sofia – explica Santinha.

– Cala a boca e vai para a cozinha – ordena Sofia.

Senta perto de Ana, empunha o garfo:

– Come.

– Não posso, está ruim de mastigar...

– Come, está bom.

– Não posso! Não como! – grita Ana.

– Come!

Sofia tenta introduzir-lhe um pedaço de carne na boca. Ana cerra teimosamente os maxilares.

– Come!

Mayer Guinzburg se põe de pé. (Esta cena mais tarde ficará num desenho; ver-se-á então a expressão de justa ira estampada na face.)

– Sofia!

Ela continua brigando com Ana.

– Sofia! Deixa a mulher. Não vê que ela não quer? A carne está dura.

A dona da pensão pousa o garfo no prato. Levanta-se e encaminha-se lentamente para Mayer. De perto, fala-lhe em voz baixa e ominosa.

– O tratamento comigo é de dona, ouviste? Dona Sofia. À tarde porei um aviso sobre isto, mas vamos deixar a coisa clara desde já. Em segundo lugar, a carne é muito boa. É carne de primeira e nem os melhores restaurantes...

– A carne está ruim – repete Mayer.

– Tu, Capitão Birobidjan! – berra Sofia, furiosa. – Eu te conheço, velho anarquista! Mas fica sabendo que aqui mando eu, está bom? E vou acabar com a tua pose. Para dar o exemplo, vais comer esta carne.

– Sofia, cadela velha – diz Mayer, com um sorriso maligno –, eu não vou comer esta pelanca dura que tu chamas de carne.

– Capitão, se tu não comeres – responde Sofia, sorrindo também e falando entredentes – eu te rebento a bofetadas.

– Não, Sofia, estás enganada. Quem vai te rebentar a bofetadas sou eu.

– Não, sou eu. Te arranco esta cabeça do corpo.

– Pois eu te descarno e deixo à mostra a tua caveira, bruxa!

Um segundo depois estão engalfinhados. Caem ao chão, rolam para baixo da mesa, somem sob a toalha xadrez. Português e David Benveniste se refugiam a um canto da sala. De sob a mesa vêm gritos e gemidos. Depois, um silêncio e finalmente aparece a cabeça de Mayer:

– Uma corda!

– Está na mão, Capitão! – Octávio corre à despensa e volta com um rolo de corda. Mayer some novamente debaixo da mesa. Reaparece minutos depois.

– Está amarrada.

Arqueja; tem o rosto horrivelmente lanhado. Santinha traz mercúrio e algodão e trata-lhe os ferimentos. Mayer deixa-se cair no sofá.

– E agora? O que vamos fazer com ela? – pergunta David Benveniste, assustado. – Se a gente solta ela nos mata...

– Vamos levá-la para o quarto da Santinha – diz Mayer.

O transporte de Sofia é tarefa complicada, mas divertida. Todos têm de ajudar; um pega no braço, outro na perna. E vão. "Cuidado! Olha a mesa! Devagar. Mais para a direita!" Mayer sente dor no peito, mas preocupa-se em animar os outros. De repente o vestido de Sofia se rasga;

largam-na ao chão, com estrondo. Santinha se apressa a cobri-la com uma toalha. Os outros riem: Mayer, Octávio, David Benveniste, e até Ana e Santinha, riem, riem muito. Sofia amaldiçoa-os: "Quando eu me soltar...!". Por fim encerram-na no quarto da empregada.

À noite se banqueteiam: bacalhau preparado por Octávio, bifes macios, feitos por Santinha, que anuncia, orgulhosa:

– E ainda tem muita coisa boa para nós!

Uma torrente de comida – saladas, massas, molhos, sobremesas – flui da cozinha. De um armário saem várias garrafas de um vinho velho e bom. Brindam pela vitória, pela libertação, por uma vida longa. Ana lembra uma festa dada por seu pai, antigo abolicionista, no dia da Lei Áurea.

– Viva o Capitão! – grita Octávio. – Viva o Capitão Birobidjan!

– Não – começa Mayer –, eu não sou Capitão...

– Capitão! Capitão! – David e Português abraçam-no com efusão.

Então Mayer sente que chegou a hora de falar. Põe-se de pé, fita-os um a um – Português, David Benveniste, Ana, Santinha e anuncia, em voz tranquila, porém enérgica; emocionada, porém firme; baixa, porém clara:

– Iniciamos neste momento a construção de uma nova sociedade.

Fala sobre o que será Nova Birobidjan: as plantações de milho e feijão, casa dos animais, o local da futura usina, o mastro com a bandeira, o Palácio da Cultura, um jornal chamado *A voz de Nova Birobidjan*...

Octávio e David Benveniste ouvem-no sem entender nada; Ana Souza ronca sonoramente. Por fim o Português diz, embaraçado:

– Acho bom irmos dormir. Só que eu antes gostaria de um chá... Santinha! Onde é que estás?

Tinha sumido. Octávio desiste do chá. Olha para Ana.

– E quem é que vai deitá-la?

– Deixa ela dormindo no sofá – murmura Mayer, com voz apagada.

David Benveniste aproxima-se dele e murmura:

– Dona Sofia tem um televisor no quarto. Posso pegar? De todo o jeito, tudo agora é nosso, não é? Tu me trazes, Mayer?

Não é isto, Mayer quer explicar, não é nada disto – não é pilhagem, trata-se de uma nova sociedade... O olhar súplice do outro o faz desistir. Com um suspiro, entra no quarto de Sofia. Não acha o botão da luz; e de súbito nota que há um vulto na cama. Aproxima-se cautelosamente. É Santinha. Sacode-a:

– Que estás fazendo aqui?

Ela se senta, assustada: reconhece Mayer, espreguiça-se e ri:

– É tudo nosso, não é? Pois eu escolhi este quarto para mim. E de mais a mais, vocês botaram a Dona Sofia no meu quarto...

– Sai daí – ordena Mayer, com voz ríspida.

– Capitão... Não faz assim, Capitãozinho... Vem cá, malvado.

Estende os braços. Seus dentes brilham na penumbra. Mayer hesita; engole em seco. Fecha a porta e começa a desabotoar a camisa.

– Capitão! – grita David Benveniste, de fora. – E o televisor?

Santinha abraça-o, morde-lhe a orelha.

– Capitão, sacana! Te fechaste aí para ver televisão sozinho, não é? Abre a porta, judeu ladrão! Russo sujo.

Afasta-se resmungando.

A dor aperta o peito de Mayer como uma garra; dilacerado pela dor e prazer, ele ofega; finalmente deixa-se cair na cama.

– Capitão! – murmura Santinha, exausta e admirada. – Puxa, Capitão! Eu não pensei que tu fosses tão bom...

Beija-o, vira-se para o outro lado e adormece. Mayer ainda fica muito tempo acordado; quando cessam todos os ruídos da casa ele adormece também.

No outro dia o Capitão acorda tarde. Irrita-se: tem um gigantesco programa pela frente – escolha dos membros do Comitê Central, reunião para discussão do Plano Quinquenal, coletivização de toda a propriedade privada... E já são dez horas! O Capitão salta da cama, enfia as calças e sai. Encontra Português, que está com diarreia. David Benveniste já está instalado no banheiro, afirmando que tomou posse definitiva do recinto. A casa está tumultuada, a mesa cheia de pratos sujos. Deitada no sofá, Ana chora de fome. O Capitão vai chamar Santinha para preparar o café. Ela ainda está dormindo; Birobidjan tenta despertá-la, a princípio carinhosamente, e depois com irritação.

– Hoje não trabalho – murmura ela, estremunhada. – É meu dia de folga. E além do mais eu agora sou livre. Durmo quanto quiser.

O Capitão suspira. Vê que é inútil. O leite talhará, o pão endurecerá, a manteiga derreterá – mas ela não levantará. Assim é a alienação.

Birobidjan volta para a sala de estar sem saber o que fazer. Pensa em uma concentração popular em frente à casa, para hasteamento da bandeira.

– Quero comida! – grita David Benveniste, saindo do banheiro.

Mayer Guinzburg resolve desistir momentaneamente da concentração ("Um passo atrás; depois, dois adiante") e cuidar ele mesmo da comida. Estoicamente entra na cozinha, onde tem uma desagradável surpresa: a torneira ficou aberta e a pia transbordou. A cozinha está inundada. Pratos, talheres e panelas estão espalhados por todos os lados.

"Ai, Leia" – geme e se deixa cair numa cadeira. Ai, Leia; não houve engano. É a mulher que ele invoca, a força daqueles braços poderosos, a coragem daquele coração. Tira os sapatos, arregaça as calças e se levanta. Caminha pela água suja, arrumando a cozinha como pode. Logo o fogo brilhará, a água ferverá, o pão chegará, e o café sairá. Birobidjan trabalha com animação; canta, mesmo: "El Ejército del Ebro". Os outros pensionistas espiam-no da porta, admirados.

– Venham, companheiros! O trabalho não desonra ninguém!

David Benveniste se recusa. Octávio entra, relutante. Sua ajuda não é de muita valia. Tira de um armário a melhor louça de Sofia, mas, trêmulo como está, quebra várias xícaras. Birobidjan hesita entre mandá-lo embora – arriscando-se a perder um companheiro – ou elogiá-lo e perder xícaras. Xícaras há muitas, homens, poucos: opta pela segunda alternativa e volta ao trabalho, ouvindo, com resignação, o ruído da louça quebrando: "Sempre nos restam as xícaras de plástico...".

Finalmente sentam-se para tomar café. Birobidjan quer preceder esta primeira refeição de uma pequena palestra, mas David Benveniste não espera e se lança à comida; Português o segue, com mais recato, mas igual ansiedade.

É o próprio Capitão que tem de servir Ana Souza; ela choraminga sem cessar:

– Este pão está duro... Está duro...

– Não está duro – diz o Capitão. – Come.

– Eu não vou comer...

– Come.

Ana Souza o olha com surpresa:

– Mas quem é o senhor?...

– Come!

Com a mão válida ela joga o prato no chão. Há um instante de tensão. Birobidjan se contém a custo.

Levanta o prato, enquanto pensa no que fazer, para manter sua autoridade sem gerar resistências. Ocorre-lhe uma ideia: molha o pão no café.

– Experimenta agora.

Desconfiada, Ana Souza abre a boca. À medida que ela vai mastigando, uma sensação de *triunfante orgulho, alívio* e *comovida alegria* cresce no peito do Capitão. E quando a última migalha desaparece atrás das gengivas de Ana ele solta um brado de orgulho:

– Viu?

Benveniste e Português aplaudem, Ana sorri timidamente. Ele resolve aproveitar a oportunidade para convocar a manifestação. Põe-se de pé. Santinha aparece na porta, bocejando:

– Sobrou alguma coisa para mim?

Birobidjan encara-a com firmeza.

– Quem não trabalha não come. É o princípio básico de Nova Birobidjan.

– De quê? – pergunta ela enquanto tenta pegar uma fatia de pão.

Birobidjan dá-lhe um tapa na mão. Português e Benveniste se levantam, atemorizados.

– Mas o que é isto, Capitão? – pergunta ela irritada. E noutro tom: – Já se esqueceu de ontem?

– Relações pessoais não têm nada a ver com relações de produção!

Os homenzinhos, de pé sobre a mesa, aplaudem.

– Está bom – diz ela, enraivecida –, quer me deixar sem comida, não é? Está certo. Mas fica sabendo que não vou ajudar em nada, está bom? Em nada.

Volta para o quarto. Birobidjan suspira e começa a tirar a mesa. E aí lembra-se de Sofia; é preciso alimentá-la; mesmo sendo inimiga. De fato – pensa Birobidjan – ela não tem culpa; foi educada assim, quem sabe a vida em uma nova sociedade possa modificá-la... Arruma numa bandeja pão, queijo e uma xícara de café, e se dirige ao quarto de empregada de onde vêm gritos espantosos:

– Me soltem! Cachorros!

Mayer entra.

– Vai-te embora, Capitão! – berra ela. Está caída no chão; mesmo amarrada conseguiu transformar o quarto num pandemônio: móveis virados, bibelôs quebrados.

– Te trouxe o café, Sofia.

– Dona Sofia, ouviste? Dona! E vai-te embora! De ti não quero nada. Tu vais te entender com a polícia. Ladrão! Não te chega roubar uma coisinha aqui e outra ali, não é? Queres a pensão inteira!

Birobidjan senta ao lado dela.

– Vamos, Sofia. Eu vou te dar comida.

– Não quero. Vai-te embora.

– Come – diz ele, tentando enfiar-lhe pão na boca.

– Não quero – ela sacode a cabeça.

– Come.

Ela resiste um pouco; mas está faminta. Acaba mordendo o pão.

– Está duro. Quando a pensão era minha, o pão era sempre macio.

– Não está duro. E não há mais pensão. O nome deste lugar é Nova Birobidjan. Vamos construir aqui uma nova sociedade. Come.

– O quê? – Sofia arregala os olhos. – Mas tu estás louco, Mayer! Nova sociedade! É do Clube de Maykir que tu falas? Maykir se acabou. Faliu, não te lembras? Quiseram te internar no hospício, na ocasião; teu filho não deixou. Depois veio aqui, falou comigo. Eu não queria te aceitar; sou pobre, mas tenho cabeça, Mayer. Não quero nada com malucos. Ele insistiu, insistiu; eu acabei concordando. E agora estou aqui, toda amarrada. Foi bem feito para mim. Castigo por ser boa demais.

– Tu vais passar por um processo educativo – explica o Capitão – para aceitares as ideias da nova sociedade. Depois vamos te soltar. Não precisas ter medo; não vou te submeter ao Tribunal do Povo, que poderia até te condenar à morte. Acho que o problema contigo é de formação, de modo que vamos te dar uma oportunidade. O trabalho te regenerará. Agora, come.

– Não como! Louco!

O Capitão tenta meter-lhe na boca um pedaço de pão. Ela cerra os dentes, teimosamente. Ele acaba desistindo. Levanta-se.

– Viste? – grita Sofia, triunfante. – Viste quem pode mais? Vou te vencer, Mayer. Vou fazer uma greve de fome, como os judeus russos. “Deixa meu povo sair”, sabes como é? Vamos ver quem cansa primeiro! Te garanto que eu não serei. Posso aguentar muito bem sem comer. Até vai me fazer bem, estou muito gorda.

Irritado, Birobidjan sai. Consulta o relógio: quase onze horas. Logo estarão reclamando o almoço. Precisa fazer a concentração popular antes disto. Entra em casa e tenta convencer os companheiros a sair. Eles se recusam.

– Está chovendo – diz Octávio, em tom de desculpa. É verdade; cai uma chuva miúda.

David Benveniste entra no banheiro, Português se acomoda no sofá.

O Capitão inicia um discurso sobre o trabalho, mas ninguém parece interessado. Ele anda de um lado para outro; por fim, abre a porta e sai.

Passa no galpão de ferramentas, apanha uma enxada. Junto ao mastro, para; quer proceder ao hasteamento da bandeira, mas ainda não há bandeira. Contenta-se em enfiar seu lenço num prego. "Amanhã haverá uma bandeira" – murmura. Já está encharcado, quando diz, em voz alta:

– Iniciamos agora a construção de uma nova sociedade.

Ergue a enxada e desfere um golpe na terra. Forma-se um pequeno sulco, que logo se enche de água. Golpeia de novo, com o mesmo resultado. Cinco minutos depois o peito dói-lhe atrozmente. Mas o Capitão não pode parar; Português, Benveniste e Ana Souza espiam-no de uma janela, ele sabe disto. Precisa dar o exemplo. Continua cavando. A lâmina bate em algo duro.

Birobidjan abaixa-se e afasta o barro com os dedos, expondo um objeto alvacento. Desenterra-o. É o crânio de um porco. A chuva dilui lentamente o barro, deixando o osso limpo. O Capitão larga a enxada e volta para a casa.

Encontra novamente o ambiente pesado: não há almoço, Santinha desapareceu.

– Posso fazer um bacalhau... – sugere Português. Birobidjan aprova, vai para seu quarto e troca de roupa, ouvindo o ruído da louça quebrando na cozinha.

Treme de frio. De repente tem uma cólica. "Deve ser do bacalhau de ontem" – pensa. Corre ao banheiro: fechado.

– Sai daí, Benveniste! – grita, enfurecido. – Eu quero entrar!

– Tu, tu! – responde uma voz estrangulada. – Quem és tu?

Birobidjan treme de raiva; recua um pouco e joga-se contra a porta, que cede. Cai sobre Benveniste, os dois rolam no chão. Birobidjan se levanta. O velho continua deitado.

– Te levanta, companheiro – diz o Capitão, tentando ser conciliador.

– Não posso – choraminga Benveniste. – Estou todo machucado. E olha o que fizeste! Me empurraste bem na hora que estava saindo alguma coisa! Me sujei todo!

Birobidjan quer ajudá-lo.

– Me deixa! Eu me levanto sozinho.

Consegue erguer-se. Gemendo, vai até o quarto. Birobidjan entra na cozinha. Português está sentado a um canto em meio a um monte de louças quebradas.

– Faltou bacalhau – diz, com voz embargada.

– Não tem importância, Português. Vamos preparar outra coisa qualquer. Vais te deixar abater por isto? Logo tu, um descendente de pirata? Deixa disto, velho!

Octávio ri. Birobidjan abraça-o com efusão:

– Isto mesmo, companheiro. Coragem! Estamos construindo uma nova sociedade... Onde é que está o Benveniste?

Português não sabe. O Capitão sai a procurar o egípcio; encontra-o em seu quarto, arrumando as malas e resmungando.

– Onde é que vais?

– Vou para outra pensão. Esta aqui tem um antissemita sujo na direção.

– Mas, Companheiro Benveniste...

– Com licença. Vou chamar um táxi.

Birobidjan segue-o gritando:

– Benveniste! Serás submetido ao Tribunal do Povo! Burguês reacionário!

– Não amola – responde Benveniste, pegando o telefone. Ana olha-os em silêncio.

– Português, vem cá! – grita Birobidjan. – Rápido! Temos de realizar uma sessão do Tribunal do Povo.

Octávio sai da cozinha, espantado.

– Ovo, Mayer? Também não tem.

– Senta aí no sofá, perto da Ana – ordena o Capitão. E anuncia: – Tem início a Primeira Sessão do Tribunal do Povo de Nova Birobidjan...

Acusa Benveniste de apelar ao chauvinismo judaico para solapar a unidade de Nova Birobidjan.

– Companheiros! Peço uma sentença exemplar!

O táxi chega, buzinando.

– Até logo, Capitão – diz Benveniste, e para Português: – Vou avisar teu filho, Octávio.

Os punhos de Birobidjan se fecham. Sente que o momento é decisivo. Se David Benveniste sair, se recorrer ao auxílio de potências estrangeiras, o futuro da nova sociedade está ameaçado. Birobidjan sabe que nestes casos o uso da violência está perfeitamente justificado. Avança para Benveniste; mas neste momento entra o chofer do táxi. Conhece Birobidjan do Serafim:

– Como é que vai, Capitão? Também está aqui na vida mansa? Não quis trabalhar mais, vagabundo? – ri, apanha as malas e sai.

– Cuidado com os russos – adverte Benveniste e sai também.

Almoçam os restos do café da manhã. Logo depois o telefone toca. Birobidjan atende, arrependido de não ter cortado os fios. Deveria ter rompido toda a ligação com o mundo exterior.

– É para ti, Português.

Octávio apressa-se a atender.

– Alô? Sim, meu filho...

Fica ouvindo em silêncio durante longo tempo.

– Está bem, meu filho... Se achas que é assim... Está, eu te espero.

Desliga.

– Era meu filho – explica ao Capitão. – O psicólogo. Já sabe de tudo. A filha de Benveniste telefonou a ele.

– O que foi que ele disse? – pergunta Birobidjan, sombrio.

– Esteve me explicando... Diz que isto que nós estamos fazendo é bobagem... Diz que nesta casa eu vejo a minha mãe, não é? Então eu quero a casa, porque era muito agarrado na minha mãe. Mas que isto é besteira, que nós...

– Vais embora, então?

– Vou... – Português está embaraçado. – Ele vem me buscar. E outra coisa, Capitão. Acho que vamos levar a Ana. Conheço a família dela, posso entregá-la aos parentes... Ela está passando muito mal aqui, Capitão. Precisa ser cuidada, não pode passar fome... Acho que tu compreendes.

Birobidjan se levanta.

– Vou trabalhar – diz. – Tenho muito o que fazer.

– Então... Até logo, Capitão Birobidjan. Estende a mão, que o Capitão recusa. Português suspira.

– Queres que avise aos teus filhos?

Birobidjan não responde e sai. Passa pelo galpão de ferramentas, pega a enxada.

À medida que avança pela terra enlameada, o desgosto vai se desfazendo. Volta-lhe o antigo entusiasmo. Birobidjan vê grandes plantações de milho e feijão, a bandeira flutuando no alto do mastro, o Palácio da Cultura. Os pés afundam no barro, mas ele marcha com alegria, cantando "El Ejército del Ebro". Detém-se no lugar onde está o crânio do Companheiro Porco e onde logo construirá o Mausoléu dos Heróis. Começa a trabalhar.

Chega um carro. Estaciona ao lado da casa. Português aparece à porta. Dois homens descem, entram e tornam a sair carregando Ana Souza; embarcam-na no carro e partem.

O Capitão continua a trabalhar. Sente dor no peito, descansa um pouco – não muito; volta à enxada.

Começa a anoitecer. A cerração sobe do campo. Birobidjan se esforça, arquejando. Sente que não pode mais; mas quer preparar pelo menos uma das hortas. Pelo menos uma.

– Precisa de ajuda?

Levanta os olhos. A alguns passos, no meio da cerração, estão quatro vultos. Quatro homens enrolados em sacos. Birobidjan não distingue os rostos, mas sabe muito bem quem são.

– Então voltaram – murmura. – Acabaram voltando.

Libório, e Nandinho, e Hortênsio, e Fuinha... Agora é guerra no duro.

Birobidjan avalia rapidamente a situação. Pode enfrentá-los ali mesmo, usando como arma a enxada e talvez o crânio do Companheiro Porco; mas as condições do terreno não são vantajosas. Melhor recuar (um passo atrás, dois adiante) e entrincheirar-se na casa. Larga a enxada e sai correndo. Os quatro ficam rindo dele; não o perseguem; em vez disto ficam jogando futebol com o crânio do Companheiro Porco. Libório e Nandinho enfrentam Hortênsio e Fuinha. Libório tem um excelente controle de bola; Nandinho é um bom ponteiro esquerdo. Fuinha tem muita garra; com Hortênsio, a bola passa, mas o jogador fica. Dada a saída, Libório passa a Nandinho, que se livra de Fuinha e vai embora como se ponteiro direito fosse. Na altura do futuro Palácio da Cultura prepara o cruzamento, mas é atingido por trás por Hortênsio. O jogo é interrompido.

Ao passar pelo quarto da empregada, Birobidjan constata que a porta está aberta, a corda jogada no chão e nem sinal de Sofia.

– Traição!

Quem a terá soltado? Santinha? Benveniste? Português? Os quatro marginais? Ou será que ela se soltou sozinha? Não há tempo para uma investigação, não se pode nem cogitar de punir os culpados. Mais tarde...

Birobidjan chega ofegante à casa. Tranca a porta e deixa-se cair no sofá. Está exausto, o peito lhe dói, mas não pode parar. Deve decretar imediatamente o estado de sítio e começar os preparativos para a defesa.

Uma mão pousa em seu ombro. Ele se põe de pé, sobressaltado. É Santinha.

– Se assustou, Capitão? – ela ri.

– Mas não foste embora, Santinha? – o Capitão abraça-a com alegria. – Não foste embora?

– Claro que não! Fui é arranjar comida. Tu não querias nem me dar um pedaço de pão...

– Então era isto, malandra! – O Capitão ri tanto que se engasga; tossindo, senta-se no sofá. –Não foste embora! E eu que pensei que tu tivesses me traído! Ia até te julgar no Tribunal do Povo, à revelia!

Ela senta-se no colo do Capitão, abraça-o e beija-o. Ele sabe o que ela quer: que se amem ali mesmo, no sofá, rindo muito e caindo no chão depois. Mas não há tempo. Lá fora o inimigo prepara o ataque. E ele tem de defender Nova Birobidjan sozinho. Não pode contar com Santinha, a quem falta base ideológica, treinamento militar, disciplina. Se tivessem mais tempo... Que companheira ela seria, que companheira! Como Rosa de Luxemburgo! Mas ainda precisa aprender muito e ele já não tem mais tempo para ensinar. Desvencilha-se dela, põe-se de pé.

– Pega tuas coisas. Quero que voltes para a casa do teu pai.

– Por quê? – pergunta ela, surpresa e alarmada. – Eu te fiz alguma coisa, Capitão? Eu fiz alguma bobagem?

– Não é isto. – Birobidjan pensa numa explicação. – É o seguinte... Eu comprei esta casa, não sabias? E mandei todo o mundo embora. Vou morar sozinho aqui.

– Que bom, Capitão! – ela bate palmas. – Só nós dois!

– Não, Santinha... Não entendeste. É só para mim a casa, compreendes?

– E não me queres mais? – a voz dela está cheia de ansiedade.

– Não, Santinha. Não ia dar certo. Eu sou muito mais velho do que tu...

Ela se põe a chorar.

– Mas não posso ficar... Nem como empregada?

Ele abraça-a.

– Não. Tu nunca poderias ser minha empregada. Não vês? Eu gosto de ti, Santinha... Vai-te embora de uma vez.

Ela enxuga os olhos e se encaminha lentamente para a porta.

– Até a vista, Rosa de Luxemburgo – murmura o Capitão.

– Quê? – ela se vira.

– Nada, nada. Vai.

Da janela, Birobidjan a vê entrar no quarto e sair com uma velha mala. São sete horas; ele não pode perder mais tempo: com a noite virá o ataque. Sobe numa cadeira e proclama-se, sob o aplauso dos homenzinhos, Generalíssimo de Nova Birobidjan, acrescentando:

– Todas as forças ficam, a partir deste momento, sob meu direto comando!

Corre pela casa, organizando a defesa. Tranca portas e janelas, apaga as luzes. Faz barricadas com os móveis. Na cozinha, arma-se com um verdadeiro arsenal. Se os invasores conseguirem entrar, ele terá como se defender: o facão cortará, o garfo fincará, o espremedor espremerá, o rolo amassará, o liquidificador liquefará, a colher recolherá. Não falando nos coquetéis molotov... O Capitão pensa em preparar a bomba caseira gigante: retirará do fogão o bujão de gás, tendo o cuidado de manter junto com este o tubo condutor plástico, e o levará ao sótão. Quando os assaltantes tentarem abrir a porta, ele abrirá a válvula, tocará fogo na torrente de gás e deixará o bujão cair em cima deles. Explodirão! E se não explodirem – pelo menos se queimarão! E se não se queimarem – pelo menos uma cabeça o bujão esmagará! E se não acertar – que susto levarão! Saberão com quem estão lidando – o Capitão Birobidjan, o *partisan*, o chefe da resistência, o Generalíssimo! "No pasarán!" Infelizmente, o Capitão tem de desistir da ideia – a casa não tem sótão. "Era a outra casa, a casa que nós tínhamos na Felipe Camarão..."

O telefone toca. Com o facão, o Capitão corta o fio. Não quer conversar com traidores. Vira o grande sofá de couro e improvisa um esconderijo, um *bunker*, uma espécie de toca, onde se enfia a custo. E ali fica, bem quietinho.

Pouco a pouco, sua respiração vai voltando ao normal. O Capitão se revisa: tomou todas as providências? Está preparado para aguentar o sítio? Não está com fome? Os intestinos e a bexiga estão livres? Ri lembrando-se de David Benveniste. Agora tem o banheiro todo para si – pode ocupá-lo dia e noite, se quiser, pode sentar de porta aberta sem necessidade de bloquear a porta com a mão ou com o pé; pode levar livros, pode até ter lá uma verdadeira biblioteca, com obras de Rosa de Luxemburgo, Marx, Engels, Isaac Babel, Walt Whitman, Maiakóvski, García Lorca, Jorge Amado e também – e por que não? – a Torá, a Guemara, a Mishná, *O livro dos piratas*, de Antônio Barata, e tantos outros. Pode ir para o banheiro devagar, mesmo aguilhoado por uma pequena urgência – que só dará um sabor picante à situação. E se esta quase glorificação da propriedade privada lhe der remorsos poderá fixar normas para preservar-se da autocorrupção. Dividirá o número de horas disponíveis para o uso do W.C. (obtido subtraindo-se de vinte e quatro horas necessárias para o repouso e as refeições) pelo número de antigos habitantes da pensão; obterá assim o tempo a que teria direito: duas horas e doze minutos. Pois bem; mesmo só, não usará o banheiro mais do que duas horas e doze minutos; manterá a coerência. "Mesmo só, sou líder e massa". No máximo elevará sua cota para duas horas e meia; é um pequeno privilégio a que tem direito por seu alto nível de conscientização, por se manter na linha de frente; se sempre procurou estimular os outros, por que não haverá de se autoestimular também?

O Capitão cabeceia de sono. Vê as densas florestas de Birobidjan, o Bom Fim, a Rua Felipe Camarão, o Edifício Rei David, Maykir, Leib Kirschblum, José Goldman, Geórgia... É preciso continuar o álbum de desenhos; se retratará de pé nas barricadas, o fuzil na mão, um curativo sangrento envolvendo a testa, os olhos brilhando...

De repente começam os ruídos lá fora: passos, vozes abafadas. Há vultos na janela, um olho escarninho o espia. Aperta o cabo do facão. "No pasarán!" Alguém experimenta a maçaneta. Depois são as batidas na porta que começam. O Capitão sente um arrepio: será que pegaram Rosa de Luxemburgo? Será que estão usando a cabeça dela como aríete? As pancadas se sucedem, rítmicas e implacáveis. O Capitão adivinha a tranca cedendo aos poucos; as vozes são agora mais altas e triunfantes. O inimigo está confiante.

A dor* arremete. Penetra-lhe no peito, expande-se poderosamente.

O Capitão fica de pé, os olhos muito abertos. Um som chega-lhe aos ouvidos, um som agudo, distante a princípio, depois cada vez mais perto: uma sirena?

– É Sofia, com a polícia!

---

* "Que tipo de dor era esta? Era constante ou se interrompia?" – perguntou um sobrinho de Birobidjan, cardiologista, ao saber do livro sobre o tio. "Fez-se um eletrocardiograma?" Acrescentou depois: "Quanto àquela cena do hospital, acho-a pouco verídica." E mais tarde ainda: "Se querem saber, não acredito em nada desta história".

Está cercado. Sofia e os policiais invadirão a casa pela porta da frente, a quadrilha entrará pelos fundos: resta saber quem o pegará primeiro.

– "No pasarán!" – grita o Capitão. Então percebe que, se alguma esperança ainda existe, ela está no povo, em todo o povo: Sofia, os policiais, Libório, Nandinho, Hortênsio, Fuinha, os choferes, Português, Colomy, os corretores – é para eles que o Capitão Birobidjan grita:

– Companheiros! Iniciamos agora a construção...

Vacila, apoia-se no sofá. As luzes se acendem. É para frente que o Capitão cai. Mergulha no mar escuro.

1970.